Vera Albers

SURTOS URBANOS

editora 34

EDITORA 34

Editora 34 Ltda.
Rua Hungria, 592 Jardim Europa CEP 01455-000
São Paulo - SP Brasil Tel/Fax (011) 816-6777

Capa, projeto gráfico e editoração eletrônica:
Bracher & Malta Produção Gráfica

Revisão:
Alexandre Barbosa de Souza

1ª Edição - 1998

Catalogação na Fonte do Departamento Nacional do Livro
(Fundação Biblioteca Nacional, RJ, Brasil)

Albers, Vera
A332s Surtos urbanos / Vera Albers; posfácio de Sérgio
Medeiros — São Paulo: Ed. 34, 1998
96 p.

ISBN 85-7326-110-2

1. Contos brasileiros. I. Medeiros, Sérgio.
II. Título.

CDD - B869.3

SURTOS URBANOS

AS FITAS

O pai estava na sala da TV.

A filha, moça de uns dezessete anos, entretinha suas visitas: um casal de colegas pouco falantes.

Por mais que se esforçasse, a conversa não fluía. Por um lado, eles não ajudavam, por outro, ela sabia que não eram bem recebidos na casa. Ninguém o era, para dizer a verdade, e isso era uma pedra que afundava sua espontaneidade. Assim mesmo, fez a última tentativa. — Não — disse a mãe afogueada na cozinha —, você sabe muito bem como é seu pai. Qualquer coisa fora da rotina o constrange. Nem pense em convidá-los para jantar.

Voltou, resignada. O peso, em seu íntimo, fez-se maior. Chegou a doer, como sempre acontecia quando se sentia tolhida. Abriu a porta, tensa. Lá estavam os dois. Sem beber, sem fumar — também, não ajudavam em nada. Escolheu as palavras menos apropriadas e acompanhou os amigos até a porta. Amigos? Como se fosse possível ter amigos nesse clima. Um astral negro, como o da sua casa, quem ia querer? Suspirou. Sacudiu-se. Afinal, diante da vida, isso não era nada. Um dia serei livre, pensou, e então...

Correu até o portão da rua, entre as duas fileiras de pinheiros, para ver se os amigos ainda estavam lá. — Vocês me dão uma carona até a vila? É logo aí, cinco minutos depois da subida. Preciso telefonar.

Entrou no velho Volks dos colegas. Nada tinha a fazer na vila, a não ser gozar longe de casa, por alguns instantes, essa mágica promessa de futuro. Riu, falou, brincou. Já estava tudo bem. Desceu sorrindo.

O carro afastou-se. Agora, pensou, tenho que voltar depressa. O jantar estava quase pronto.

Pôs-se a esperar o ônibus no ponto, mas àquela hora vinha tão lotado que nem parava. Um, dois, três. Os motoristas paravam para que os passageiros baixassem, mas nem sonhavam em abrir a porta da frente. Táxi então, nem pensar. Eram raros naquele subúrbio: só se estivessem voltando de alguma corrida até São Caetano.

Enfim, fôra uma tola. A única salvação é que a irmã casada tivesse chegado para jantar com os pais e que tivesse segurado sua barra. Pois sim. Mas que idiota... tivesse ao menos avisado a mãe de que ia até a vila. Já estava se resignando a voltar a pé, apesar da escuridão já perigosa, quando finalmente um carro surgiu. Táxi, gritou ela, aliviada. O carro parou. Um senhor abriu a porta e ela entrou. Deu as instruções necessárias e relaxou. Por uma estúpida timidez da qual sempre imediatamente se arrependia, sentara-se ao lado do motorista. Não era bem timidez: sentar-se atrás no táxi era como se rebaixasse o motorista e ela tinha horror a rebaixar os outros. Deu uma olhada de esguelha e respirou: era um velho. Foram andando. Respondeu com reserva às perguntas do motorista. Sua curiosidade crescente alarmou-a. Maldição, já estava desconfiada. O carro não era um táxi coisa nenhuma. Mas o carro estava indo devagar e o senhor tranqüilizou-a: conhecia a vila onde ela morava, um conhecido dele também morava lá. Em cinco minutos estaria à porta de sua casa.

Olhou mais confortada para o perfil do motorista. Um senhor distinto, sem dúvida. Sua condição de passageira involuntária constrangia-a. Quis se desculpar. O senhor distinto não deixou. O prazer era todo dele, nem todos os dias surgia a oportunidade de dar carona a uma moça tão bonita. O carro tinha chegado à esquina de sua casa e parou. Ela saltou e estendeu sua mão pela janelinha, agradecendo. — Tome, fique com isso. São duas fitas do Gianfrancesco e na capa tem meu telefone. Se um dia você precisar de um... Não escutou o final da frase. Apenas sorriu, agradecendo de novo. Decididamente, não era da natureza dela ofender as pessoas com uma recusa qualquer. Guardou depressa as fitas na bolsa e entrou em casa pela porta da cozinha.

Que pessoas interessantes existem, pensou, tentando dissipar o mal-estar que sentia ao chegar em casa. Quem será esse fulano? Essas fitas agora, porém. E o que que o Gianfrancesco tem a ver com elas? Se eu tiver só um pouco de sorte e não tiver me metido noutra embrulhada...

Tivera sorte. A irmã havia chegado, com as crianças.

A casa nem parecia a mesma. Ruído de panelas, portas batendo, correndo, falando em voz alta as crianças, às quais se juntou rapidamente, aos beijinhos. Sua ausência nem fôra notada. Abraçou a irmã e foi à cozinha ajudar no preparo do jantar. Apanhou uma travessa de almeirão e mastigou uma folha, como de hábito. Segurou a porta da copa com o pé enquanto, de longe, cumprimentava o cunhado. Ninguém percebeu a agitação que escondia. Voltou para apanhar outro prato. A mãe comentou qualquer coisa que ela fez questão de não escutar. Mostrava-se ocupada em tentar captar a conversa entre o pai e o cunhado. Eram as coisas de sempre. Como sempre, e o cunhado respondia em monossílabos às coloridas perorações do sogro, sobre as vantagens de se plantar mamona em lugar de café, lhe pareceu, desta vez. Sentou-se, finalmente, aliviada. O monólogo prosseguiu enveredando por trocadilhos que ninguém, a não ser ela e o pai, talvez, compreendessem. Muitas vezes sentira o ímpeto de socorrer o pai nesses seus momentos de humor mal-transposto numa língua nova e ainda traiçoeira, apesar dos muitos anos passados desde sua vinda. Mais uma vez, deixou que a ocasião se dissipasse na espessa névoa de rancores ainda intactos, há tempo à espreita.

A voz aguda da irmã tirou-a de seu mutismo. Estavam com pressa. A filha mais nova dos vizinhos da Groenlândia ia se casar, justamente esta noite. Haviam recebido o convite

lá na fazenda e fazia um mês não se falava noutra coisa. Matrimônio moderno, na capela do parque dos tios dela, e o bispo oficiando a cerimônia. Mais de cem convidados, sem contar os parentes e os agregados mais íntimos. Olhou para a irmã, animada. Esta, adivinhando o pedido ou talvez sentindo a necessidade de comunicar alegria tão transbordante, disse-lhe:
— Você também quer vir? Vestido você ganhou no aniversário. Basta dar um jeito decente nesse seu cabelo e, depois — continuou dando de ombros e olhando timidamente para o marido —, ninguém vai reparar.

Era tão rara uma oportunidade como essa, e ainda, poderia ajudar com as crianças, até fazê-las dormir.

Excepcionalmente, não houve objeções.

O marido não respondeu, ocupado em passar o guardanapo nos lábios e em valer-se da intervenção da mulher para lembrar aos presentes que estavam com pressa, já eram quase dez horas. As crianças levantaram-se, sem pedir licença.

Vestiu seu conjunto azul-marinho, sapatos e bolsa combinando. Preto ia com tudo, e depois, como havia dito sua irmã, quem haveria de reparar? Olhou no espelho e imaginou-se magicamente no parque, na capela, à luz difusa dos lampiões, entre um mundo de gente em silêncio, como num cinema ao ar livre, sentada nas cadeiras de madeira junto à cerca verde dos pinheiros, cortados rente.

Ao abrir a porta da garagem para que o cunhado saísse com o carro não pôde deixar de entrever aquilo que já, obscuramente, temia. Desviou o olhar, completamente infeliz. Na outra extremidade do jardim, encostado ao pilar do portão, gesticulando, de certo para atrair sua atenção, estava o velho.

Por que viera estragar, com sua procura, aqueles momentos de encanto? Por que a vida devia violentá-la, sempre, com sua vulgaridade implacável? Maldita, maldita.

No carro novo do cunhado até respirar lhe doía. Suas mãos suadas tremiam e o peso desesperador de sempre sufocando.

À medida que iam se afastando várias possibilidades desfilavam no oco de seus olhos. Quem sabe o velho fosse embora, sem levantar odiosas suspeitas. Ou então inventasse qualquer desculpa para os pais, ao vê-la sair. Ou quem sabe a mãe tivesse batido a porta, julgando-o um bêbado qualquer. Tudo, menos envolvê-la, menos torná-la mais uma vez vítima dos julgamentos, dos vaticínios, dos equívocos que teimavam em persegui-la.

Só percebeu que haviam chegado quando o carro parou. Percorreram o parque iluminado pelos holofotes. Era difícil andar depressa. Os saltos afundavam nos seixos da alameda. A umidade da noite penetrava por sua roupa leve demais. Nunca como agora desejou ser outra pessoa. Ter outro nome, outra família, outros meios. E esse parque magnífico, que pena não poder se perder nele, livrar-se dessas malditas fitas, apagá-las de sua vida. Ninguém ouviu-a murmurar. Já se entrevia a capela e um mundo de gente sentada, em silêncio. Mais que um casamento, parecia um cinema ao ar livre, com todas essas poltronas de madeira em fila. Sentaram-se. Ficaram, no lugar disponível mais próximo, junto à cerca de pinheiros, cortados rente.

VILA BELA

De manhã sua primeira tarefa era ir buscar o leite. Na sacada da casa do velho anguloso de olhos injetados estavam as garrafas de leite denso e espumoso, à sua espera para serem levadas. Subia o caminho lamacento que levava à Vila Bela, por trás da Ibitirama, sem olhar para os lados. Queria acreditar estar andando pela rua de seixos rolados que deixara, com sua infância e seus avós, ou quem sabe o não olhar tivesse o mágico condão de transformar o feio em belo, como dizia o nome.

Embrulhada no impermeável transparente marrom que se colava ao corpo, os litros vazios chacoalhando na rede dourada, tin tin, o cabelo preso no capuz que lhe caía sobre os olhos e quase não lhe deixava ver o pé calçado na sandália vermelha que o senhor Antonino, o sapateiro, fizera questão de afivelar pessoalmente, com a cabeça inclinada sugerindo outras coisas, tentava driblar a enxurrada de detritos que descia do morro aos borbotões.

Chovia muito de manhã, naquele tempo.

Olhava para os pés, por isso foi com surpresa que sentiu-se esbarrando em alguém que vinha descendo do morro, também entretido, a olhar para o chão.

Os olhares se cruzaram e imediatamente desviaram-se, o azul daqueles olhos tinindo alarmante em sua cabeça.

Bom-dia, disse a velha do leite. Cumprimentar é bom.

Bom-dia, disse ela voltando a si, tocada com a bronca. Tudo podia pensar, menos que a velha tivesse a pachorra de se preocupar com as boas maneiras.

O marido dela faz com as vacas, dissera-lhe a Antonieta. Imagina.

Mas quando reparou na veiazinha vermelha atravessando o olho do homem, soube que podia ser uma daquelas verdades imutáveis, que não causam espanto, mas uma espécie de horror.

É por isso que a mulher dele é assim, pensou.

Durante muitas outras manhãs tentou reencontrar o rapazinho de olho azul.

Quando parecia estar descendo daquele morro roxo em direção a ela, sentia uma trepidação diferente, e o coração batia muito.

Já sorria para a mulher enrugada, ao cumprimentá-la.

Mas não era ele.

Ia até fazer uma promessa a Santo Antônio, que não tem igual, dissera-lhe a Antonieta, mas algo lhe acontecia, de preocupante.

Bobagem, dissera-lhe a Antonieta, para mim desceu bem tarde.

Estava numa amoreira catando amoras, com um bando de moleques, quando um deles viu aquela sangueira toda e eu comecei a berrar. *Cossaguè*, *cossaguè*, gritava minha avó que era do vêneto e criava os bichos da seda, e os perus também gritaram e foi o maior escândalo. Imagine, eu não sabia de nada e já estava com dezoito anos.

Se não desce a menstruação é porque a mulher está grávida, ouvira a mãe dizer uma vez, com a mão cheia de escamas afastando uma madeixa de cabelos que teimava em cair-lhe na testa. Porque, apesar da Antonieta, era ela quem cozinhava e suas mãos duras e manchadas eram um contraste contínuo com o resto de sua pessoa, em geral doce e delicada.

Mas essa frase ela a dissera com veemência, como alguém que diz algo de irrefutável e definitivo.

De modo que de manhã ela voltou a andar de olhos baixos, olhando novamente para o chão e era essa a promessa que ela fizera a Santo Antônio, se lhe concedesse logo a graça, com a maior urgência.

À tarde chovia e ela se fechou no quarto.

Abriu o livro que retirara da biblioteca na volta do colégio e leu sofregamente.

O oficial voltara da campanha e se precipitara à procura da amada, mas ele nem imaginava o que se passara na sua ausência. A jovem aristocrática de quem estava noivo havia sofrido uma queda do cavalo e, apesar dos extremos cuidados da família, havia ficado aleijada. Quando a porta do quarto se abriu, ela jazia recolhida ao leito. O jovem atirou-se ao pé da cama e beijou desvairadamente as mãos da amada. As lágrimas de ambos fundiram-se copiosas, enquanto ela contava ao noivo a terrível desventura.

Não importa, disse ele arrancando num gesto heróico impetuosamente o cobertor, e inclinou seu rosto para beijar com os lábios ardentes as pernas aleijadas da moça.

Nesse momento percebeu que algo se contraía violentamente dentro dela e sentiu uma agulhada de dor. Algo como um rabear de peixe interno que a deixou ofegante, quase sem poder respirar. As dores sucediam-se com tamanha força que se atirou na cama de bruços, sufocando os gemidos.

À noite a mãe entrou no quarto, a viu assim, saiu e voltou e com a mão ainda úmida deu-lhe um *modess* e uma cinta liga. Isso acontece com todas, disse-lhe, não fique triste, e passou-lhe a mão na cabeça e a ela pareceu que o fizesse com uma pena muito antiga.

PARQUE DOM PEDRO

O acordar era, se se pode dizer, preparado.

Passavam-lhe pelos olhos cerrados os laivos cor-de-rosa dos lírios desfolhados (o pai teimava em cultivá-los, apesar das taturanas) e, pelo nariz, o perfume anêmico do jasmim celeste, que não tinha perfume.

Era o prenúncio de seu novo dia.

Antes que os outros acordassem, iniciava-o.

Passava o dedo nas asas empoadas das borboletas recém-espetadas no papelão sobre a cama e a cor era por um instante a cor das cores.

Corria para o jardim e ensaiava alguns passos, no gramado.

Uma alegria forte demais para ser contida. Um instante de felicidade absoluta.

A sua pele, os seus braços, as suas pernas, o seu ventre.

A água do chuveiro a machucava, de tão quente, e os ladrilhos vermelhos cobriam-se de vapor.

Paulo — ela escrevia com o dedão. Paulo, Ivo, Marin, outros nomes que os jatos apagavam.

Diante do espelho contemplava o rosto. O risco no meio e as madeixas achatadas dos lados e presas no cocoruto sugeriam-lhe seu nome: Catarina.

Desse ar de Catarina ela gostava: custara tanto a encontrá-lo, pena que não pudesse mantê-lo. (Faça um penteado mais simples, dissera Dona Francisca na sala das moças, algo que não chame tanto a atenção.)

(Claro, dissera o pai à mesa, após ouvir o relato do dia: é penteado de puta. Amanhã vai cortar o cabelo como qualquer pessoa.)

Após tomar o café na cozinha, no fogão elétrico aceso à espera da Antonieta (que tetas bonitas tem essa menina. Parecem de cabrita), corria com a mala do colégio para o autobus.

(Como grita o papagaio do pintor, aquele que assobia e está sempre à espreita com óculos de sol.)

Olhava letargicamente pelo vidro a encosta de barro violeta. Depois vinha a casa da professora de piano. Aquela que usava anágua presa até os joelhos. Depois subiam as três secretárias da Cobrasa. Aquelas que usavam cinta para não engordar. Depois subia aquele moço de sardas e de olhos verdes, coitado, que vinha de Vila Bela. Depois, próximo ao parque Dom Pedro, via o carro com aquele cara que falava com o erre puxado, aquele convencido.

Depois, depois vinha o ex-ginásio do Estado, que ela acabava de deixar.

O bando de maritacas estrilava, no alto das palmeiras, e os jacarandás violeta tão bonitos, em volta do quartel.

Também, adiantaria ela ter continuado lá?

Angiolina, a amiga, agora estava no noturno e só falava em telepatia, não era mais a mesma.

(O homem, segredara-lhe, tem duas bolas e um pênis. E a mulher tem um buraco. E quando a mulher está apaixonada, por mais dor que sinta, quer lhe dar o prazer.)

Depois que o Paulo levara os pais para que a vissem, na missa de fim-de-ano na Igreja da Paz, tinha desfeito o encanto.

A Cafeteira tinha fechado e na ladeira sobrava só a fábrica de rolhas e o Curso Santa Inês.

Dona Glaura tinha casado e o professor Grisi ia sair candidato a vereador.

Já não ia mais poder ensinar Ciências nem levar a maçã para a Angiolina.

A Marili tinha ido para a Argentina (o seu seio cabe direitinho na minha mão, dissera-lhe o primo) e a maioria das colegas ia cursar o normal.

O Elias, sinceramente, quase nunca aparecia no bar da

escola. E mesmo assim, depois do que soubera, dava-lhe uma sensação estranha vê-lo tão peludo.

Não que ela tivesse querido sair do Ginásio, mas já que fôra obrigada (sua irmã escreve *mientras* e não conhece enquanto, dissera o Diretor, recusando-se a aprová-la no exame de revalidação).

Na mala levava o certificado de transferência com as notas.

Só se dera conta de ter chegado na hora da baldeação para o bonde que da praça João Mendes ia para a Avenida Paulista.

O bonde chegando era a retomada do impulso do jardim e o semicírculo de luzes se apagando na Liberdade, o augúrio intermitente dos ritmos que iam marcar certamente sua vida, certamente nova.

O atendimento na Secretaria do novo Colégio fora rápido e o Diretor a tinha apresentado à classe pessoalmente: uma nova aluna, seus novos colegas.

Não fosse pelo cabelo agora rente e pelo uniforme que lhe amarrotava a silhueta ter-se-ia dado melhor do que pensara. A seu lado sentava-se a Simona, que lhe contara os segredinhos da classe. Marcelo, o gênio. Francisco, o sobrinho. Arnaldo, o neto. A Branca, o tipão do colégio. O Petrônio, o melhor professor.

Aturdida e esfomeada, empreendera o novo caminho de volta. Sem prática do itinerário, em lugar de parar na Praça Clóvis, parara mais adiante, por ironia do destino, quase ao lado do antigo Ginásio, bem no momento em que um vendaval varria o Parque, vergava as árvores.

Sob uma chuva de pétalas e uma saraivada de trovões abrigara-se no antigo pátio de ginástica, à espera de que o dilúvio amainasse.

Quando viu que já eram cinco (nada de cursos extra — não se pode chegar em casa no escuro — decretara o pai) e que o céu continuava ameaçador resolveu arriscar-se.

Saiu pé ante pé, pulando as poças, até chegar às casas da Arno.

Percebeu, quase em pânico, que a enchente se alastrara e já não havia veículos circulando pelas ruas.

Pensou em voltar.

As águas, agora vindas de todas as sarjetas, confluíam na baixada. Impossível se mexer.

A única saída era chegar ao leito da rua principal e nela manter-se, bem no centro, e tentar alcançar a Vila Prudente pela Paes de Barros.

Algumas bicicletas arriscavam-se por sobre os macacos de granito. Uma parou rente e ofereceu passagem.

Não só pelo fato de a água chegar-lhe já aos joelhos, mas pelo extremo curioso e confiante desafio que sempre sentira em relação aos homens, aceitou.

O homem estacionou a bicicleta junto a uma das casas e foi buscá-la atravessando a rua com a água lhe chegando à cintura.

Sobe nas minhas costas, disse, e agarra-te bem.

Ela segurou-se e colocou a mala a tiracolo.

Sob a camisa sentia a pele febril do homem, mais quente do que teria podido imaginar.

Se você for legalzinha comigo, disse-lhe o homem, te atravesso.

Legalzinha como?, perguntou ela.

Eu sou respeitador. Eu sei pôr direitinho, não te preocupa.

Mas pôr o quê?, respondeu ela.

Não precisa ser na frente, insistiu o homem. Eu ponho atrás e ninguém fica sabendo.

Estavam na metade do caminho. O homem parou e ela agarrou-se com todas as forças.

A água barrenta rodopiava e as ondas já lhe lambiam os peitos. O homem arquejava.

Quando chegou em casa à noite o pai a recebeu com dois tabefes.

E agora vai dormir, sua vagabunda. Hoje fica sem jantar. Amanhã acertamos as contas.

Cambaleante, foi até seu quarto, sem acender a luz.

Antes de atirar-se na cama, o rosto em brasa, viu com nojo extremo, pela fresta de luz que vinha da porta, que do ventre das borboletas tão bonitas haviam jorrado centenas de pequenos ovos amarelos, duros, esféricos, inexoravelmente iguais e regulares.

A ÚLTIMA PLENÁRIA

O local do encontro: o subsolo do Hotel Ferraris. O nome parece ser esse. Pelos lados da Glete. O nome também não interessa.

A construção era de um arquiteto expatriado e como que se anulava no ambiente. Era de concreto, escurecido pelas chuvas e manchado de verde pelo mofo do tempo. A vegetação minguada se alastrava, úmida, sobre os desvãos. O projeto do hotel era totalmente horizontal. Só que não fôra construído, por quem sabe qual falência, o andar térreo: havia apenas o subsolo. Um verdadeiro abrigo; meandros subterrâneos, portas embutidas, vidros quebrados, alguns mendigos pelos cantos. O lugar ideal para a reunião.

Ela vinha de uma discussão em casa: haviam descoberto que suas aulas na Faculdade eram só de meio período. O que ela fazia o resto do dia? Em que tramóias andava metida? Como se o fato de ela ter mais de dezoito nada significasse. Como se ela não tivesse o direito de viver a sua vida. Tinha é que arrumar urgentemente algum trabalho. Mesmo que isso mutilasse o curso. O que mais podia fazer?

Sacudiu a cabeça e a memória, solícita, apagou os contornos.

O segundo a chegar foi o Abelardo. Rosto sério, cheio de cicatrizes e sobrancelhas espessas. Depois veio a Lola, focinho de Raposa. E depois o Rubens, o da Arquitetura, magro, sem dentes da frente, parecendo ladrão de galinhas. O grupo ia se formando. Vera e Camargo, autoridades máximas. A reunião ia começar. Ordem do dia, propostas, discussão. Eram reuniões informativas, sem tarefas concretas, inconsistentes, no seu otimismo alienado. Pretensão intelectual (mas haveria melhores?), indolência física, cigarros e mais cigarros. Duravam em média umas três horas. No fim todos saíam com a cabeça pesada, mas sentindo-se fortes na intenção, respaldados na idéia.

Foram saindo aos poucos. Em frente à construção, a praça. Na rua adjacente, uma arcada solitária. Alta, de grés amarelo, começando a esfarelar. Que pena, um lugar tão bonito, completamente abandonado. Por isso mesmo, quando ela foi andando sozinha, algo diferente chamou logo sua atenção. Havia certa agitação sorrateira nas ruas, normalmente calmas. E por que tantos guardas, por aqueles lados? Perto da coluna, em frente à farmácia, atrás da banca de jornais... três, cinco. Mal entrando na praça, parou de contar. Tentou acelerar o passo, mas alguém apitou. Correria de fardas. Ninguém mais na rua. Viu o Raimundo correr à sua frente, dois guardas atrás dele. Encostou-se ao muro de um prédio e sentiu-se gelar. Quantas vezes desejara experimentar o medo, o medo verdadeiro, quantas vezes imaginara as façanhas que perpetraria, escondida na copa de uma árvore, disfarçada de pedinte, fugitiva dentro de um bueiro. Mas agora seu corpo não obedecia. Os braços formigavam, as pernas eram de chumbo. Diante dos olhos, um halo negro. Mal conseguia respirar. Arrastou-se até a banca de jornais e deixou-se cair junto à grade lateral onde ficam expostos os diários. Sentia náuseas. Vomitou. A excitação era tanta que acabou adormecendo, sem saber como. Quando acordou, já era manhã. Os bares se abrindo, as pessoas circulando. Do acontecimento da véspera, nem traço. Ajeitou o cabelo, virou a saia, atravessou a praça olhando para o chão, rumo à Estação da Luz.

E agora? Nunca passara a noite fora, em seus vinte anos de existência. A mãe, os irmãos, o pai... Sentiu novamente a náusea. E agora? Agora ia começar, abruptamente, a vida.

RÉQUIEM PARA G.H.

Por que me apontais uma casa onde
Ninguém mais quer morar?
Por que os velhos desta aldeia
Estão dançando a dança da tribo eslava?
(do *Livro dos Sonhos*, C.L.1. III)

Senhora, não é sem um leve constrangimento que me dirijo à Vossa Senhoria. Não sei que tratamento empregar: se vós, tu ou eu — extrema ousadia. Quem me deu esta coragem, confesso, foi vossa visita estranha e, seja dito entre nós, não de todo inesperada. Duas vezes, desde vossa partida, já animastes o sono desta pobre mortal. Quero obsequiar-vos agora com minha deferência *post-mortem*. Em vida não teriam sentido as frases que trocamos, as alusões, principalmente, a um certo passado comum, que já assume o *status* de eternidade. Fostes uma mulher culta — sois agora onisciente. Sinto-me completamente desvanecida com vossa toda compreensão. Só posso fazer um apelo para minha imaginação: corrigi-me se não for assim. Tenho na minha visão obscura de ser vivo alguns clarões proféticos (não tenho pretensões, apenas pressinto a aproximação de coincidências e vibro como um rabdomante) — vejo então água escorrendo cristalina de vossos lábios rubros, finalmente abertos num sorriso perene. Os seixos, rolados pelo fluxo, são vossos dentes brancos, os verdes bosques da Volínia, vossos cabelos ao vento. Estais tranqüila agora e reintegrada à natureza de onde viestes. Perdoai se falo assim, mas no primeiro sonho me aparecestes tão mal. Imóvel, numa cadeira de pedra, os braços nodosos agarrados a seus braços, tendões sulcando os músculos que percorriam, ainda conseguindo encontrar alguns pontos de carne fofa, onde sumiam. E os artelhos presos de um frenesi quase automático, apenas os artelhos contorcidos, loucos, sem querer perceber que a morte já havia impresso em sua polpa a marca preta, tripontual. O que queriam dizer? O que queriam que ainda se fizesse? E o que ainda muito me intrigou, senhora, foi vossa seriedade. A seriedade esconde a pena inevitável e todos nós mortais, como dissestes, precisamos muito de perdão.

Passei três noites lendo seus escritos, que também são suas memórias. Passeis três dias falando com pessoas que a conheceram a menor distância. Sei muita coisa que antes não sabia. Tenho bastante dados que estão à procura de confirmação. Tenho um indício também, talvez o mais certeiro. Viajou na mesma época que eu e uma vez, receio, nos cruzamos. Não lembro os detalhes da viagem: focalizo apenas a sensação de ciclo acidentado. Sobre esteiras de madeira, sempre a pé, do convés ao porão, do porão ao convés. Havia ficado sem bagagem. Uma multidão de seres me seguindo, me precedendo, na mesma direção. Seres de outras latitudes, mais sensíveis ao desamparo. A mulher a quem contei minhas desventuras, daquela vez, me adotou incondicionalmente, levou-me a sua cabine, quis dar-me seu dinheiro, quis vestir-me... — Eu também — lhe disse — quando chegar a minha vez de recompor a confiança, a solidariedade... digo até que procuro afoitamente estas oportunidades, se é que a roleta da sorte, como dizer, o destino, emperra seu ponteiro sempre no mesmo quadrante. É aí que os ventos sopram, como diz o poeta. Não é que me queixe, antes, agradeço a escolha. Só que me sinto um pouco como um instrumento manipulado por forças poderosas.

Assim, quando a noite chegar, e eu sei que esta será a última, estarei pronta para lhe dar a mão. Caminharemos juntas pelo velho viaduto úmido de chuva, do lado dos números pares. Só que eu estarei séria e, desta vez, você estará sorrindo. Com seus dedos de moça, você me apontará uma casa de tijolos vermelhos e riscos brancos e eu saberei quem era o homem que morava lá. Saberei quando e quanto vocês se conheceram, as conversas que tiveram, as esperanças, as quimeras, o abandono, a traição. E saberei que a rigidez que paralisava suas feições era o antídoto do amor que teve por ele e que sentiu, mesmo depois, pelos reflexos de seu semblante esparsos na humanidade. Estás sorrindo porque agora sentes que, apesar do fim, tudo continua. Estou séria, atônita, trêmula, perplexa: este ser que tanto amaste e que pouco te amou, eu o amo agora com a tua mesma intensidade. E você sabe disso. Foi você quem quis.

ANAPLA KILALA

Para C. S.

Depois dizem que a memória retém as imagens privilegiadas. Então, de mim ela zomba: dissipa a contingência em benefício do pretexto.

Estou sentada aqui neste viaduto de antes da guerra (em arco como o dos romanos) à espera do antropólogo. Foi levar o carro. O que não entendo é como ele o deixará lá embaixo se lá embaixo tem o rio. Como conseguirá descer toda esta escadaria, que volta demos, como chegamos? Que ele voltará tenho certeza, ou pelo menos, que ele tentará voltar. É bem possível que seja eu a não esperá-lo. Não é que sinta medo, propriamente. Apenas constrangimento que vai aumentando, aumentando, à medida que o tempo passa.

Vou andando. Será a falta de lítio no organismo a responsável por este estranho efeito? Receio que me dê uma crise. Pressinto-a. Cadoz, caranguejo de água doce, engolido vivo, disse a velha Ania. Mas não tenho coragem. E se parar na garganta?

Estávamos discutindo as questões do exame. Como resumir numa pergunta o curso do ano inteiro. Isso mesmo. "Amar a morte é amar a vida" ou "a morte como..." algo que não consigo lembrar. Preciso me concentrar. Tudo tem que passar antes que ele volte. Preciso andar, sair daqui, depressa. A chuva. Direi que me afastei por causa dela. Que subi até lá naquele alpendre e que fiquei esperando, vendo-o de longe. Ele é que não me viu. Depressa. Descer três degraus. Mais três. A lua brilha demais. Quase escorreguei. As mãos geladas. Aí, o corrimão termina em ângulo agudo. Tem um mendigo deitado, ou será um bêbado? Melhor do que estar sozinha. Talvez nem repare em mim. Encosto-me ao muro. Que frio estou sentindo. A dor é insuportável. Começou. Antes tivesse comido o caranguejo. Encolho-me toda. Aperto forte a garganta. Começa sempre aí a primeira pontada. Não haverá remédio para a hereditariedade? Dizem que é psicológico, mas eu sei que não é. Os deuses inocularam genes mutantes nos enormes gorilas que iriam suceder-lhes. Acredito. Gordura de escaravelho preto, barata esmigalhada, fel de galinha. Será que a ciência nada descobre de novo? Ah! Que dor terrível. Se ao menos conseguisse me distrair. O raio de luz. A chuva. A prata do rio. A menina vem vindo, vem vindo sobre o rio. Conta-me a história. A história da vida. Da vida e da morte. A vela cintila, a velha se prostra. O que é a vida da morte? E a morte da vida? É.

Assim, vem vindo, vem vindo, não dói, não queima, vem devagar, vem com certeza. Que sono eu sinto, que frio. Não posso cair, molhar-me e depois? Lembrar-me do exame, da escolha, do ponto. Da escolha do ponto, da vida precisa. Se é aquilo que tem importância. Aquilo que é útil, que tem importância. A espécie de árvore, a espécie de planta, a herpetologia, a apanha, o apug. A vegetação, a morfologia. O tema, o princípio, a causalidade. Os cinco elementos: carbono, hidrogênio, carbono, hidrogênio, carbono... Que frio, meu Deus. Os dentes cerrados, agora, é agora. A lua é uma faca, estou vendo, uma foice, um tridente. A lua é de aço, a lâmina entra no tronco do homem aqui a meu lado. Agora eu sei o que a morte é da vida. Agora eu sinto no corpo, na alma, agora compreendo. Agora vi tudo. O instante, o clarão. Que pena, porém. Não posso mexer-me. E agora ele vem, me encontra, me vê... Que olhar poderoso... É o raio amarelo, é o fundo e a forma, presente e passado. Levanto-me e ando em sua direção. É a força do homem, é o fluxo do sangue, anapla kilala, em binli quilangba.

A COMILANÇA

Outra vez na mesma casa cinza com a caixa d'água imensa que ocupa todo o quintal da frente. Sua parede lateral funciona como corredor que acompanha e introduz hóspedes, mais convivas do que hóspedes, posto que vieram para o festim, caramba todos quietinhos vão entrando como se a casa fosse deles e o pior é que, é que são todas pessoas, como dizer, obliteradas, deveras nada pesam em minha vida. Apenas conhecidos ocasionais. Dona Karo, seu Paulo, o Baltazar, o Stroessner, até... quem lhes deu esta franquia de virem à minha casa como se fossem meus amigos... e o que é pior é que eles sabem disso porque atravessam de mansinho toda a lingüiça que é a nossa sala e vão carregando suas comidas embrulhadas em papel de alumínio lá pro fundo na copa e aí preparam seus pratos e se refastelam. Só o vaivém me incomoda a tal ponto que me levanto da mesa pra ver se com minha presença imponho um pouco de respeito. Vejo coxas de frango à milanesa, vejo arroz com mango-chutney, vejo uma sopa que deveria ser saborosa não fôra a cor levemente azulada. Posso experimentar, pergunto. Sim, claro, ela está uma gostosura, só caiu uma gotinha de detergente. Uma gotinha ou um litro, por ventura, não é a mesma coisa? Perdeu a sopa. Já pensou o sabor que deve ter, o aroma indefinido de detergente azul? Saio desgostosa sentindo um enjôo frio no fundo da língua. Sento-me à mesa. Em frente a mim, meio de oblíquo, o ilustre doutor companheiro de meus dias. Ao meu lado, umas três cadeiras pra lá, um dos meus confidentes, impotente porém não culhão. A este respeito terçam-se respostas. Ou melhor: houve provocação ferina como sempre, do dono da casa, quanto à virilidade de meu confidente. Peguei a resposta bem no meio "*Los cojones en las piernas de tu mujer?...*". Exabrupto sorri da ousadia do confidente. Êta respostinha afiada. Logo em seguida, percebi contudo que nesta história tratava-se de uma grave indiscrição a meu respeito. Problema meu, apenasmente meu, agora vou servir de peteca para duelo de palavras? Chega. Levanto-me de novo para as despedidas. Afinal, seu Rastel, digo seu Rômulo, volte sempre, dona Karo e bala Dizioli vão todos para a região borrada de onde vieram. Não quero mais encontrá-los. Tanto menos em minha casa. O que virou isto aqui, hã, quintal de quem?

Já sei. Por aí passaram o pobre V., não merece que lhe imprima ou engambele o nome, o pobre T., este até que poderia ser mencionado, o Ovo, para além da lingüiça, antecâmara do desprezo, e a sua sopa!

BOVARY 70

Para R. F.

Estava alerta quando desceu do apartamento onde ficara aguardando a ligação. A tarde inteira não havia fumado para manter os sentidos aguçados, esperando o momento. Agora sentia o gelo do copo atravessar-lhe a epiderme e morrer na espinha. Com o dedo acompanhava os contornos azuis de um Mondrian, crisântemo que fenecia no papel oleado de reprodução. Não conseguia seguir o rumo da conversa, apenas lhe chegavam as frases finais do longo relato da viagem. Concordava, erguendo argutamente as sobrancelhas, seu faro completamente concentrado no telefone. "Conhecemos a grandeza da antigüidade por suas ruínas." Cinco minutos antes da hora combinada tocou. Ouviu sua voz. Despediu-se. Ele já estava à espera.

Um ano. Um ano certo de distância da última (e primeira) vez que o vira. Algumas cartas (dela, principalmente, pois ele só escrevia cartões), tantos anseios e tantos pensamentos. Escritor de talento, homem de variada experiência. Que conversas teriam e quantos inesperados divertimentos. A noite inteira. Haveriam de correr na praia feito duas crianças, intercalar ao sussurro da areia e ao soprar do vento, o ritmo de Pessoa, a melodia de Caymmi ou, por que não, o saber de Spinoza (nem que fosse em pensamento): livres dos inúteis grilhões da sociedade entregariam à incrível natureza circunstante sua dívida a saldar — a necessidade primordial que dois seres têm de se comunicarem.

Saiu do elevador e desceu os últimos degraus do *hall*. Puxa — pensou ao vê-lo — o tempo deixa suas marcas. Um pouco contrafeita, sentia-se bem, porém quando entrou no carro azul (por que tão reluzente?). Dois charutos jogados, a única displicência permitida. Quando ele sentou ao volante, sorriso esmorecido, tentando inutilmente sintonizar o rádio numa estridente melodia noturna, já se sentia um pouco pior. Acendeu o primeiro cigarro, onde estava a segurança que sempre lhe emprestara de homem do mundo, vivido e sabedor, e o humor sorrateiro de malandro que lhe adivinhava no brilho dos olhos e no rasgo sempre úmido dos lábios? Por que este desjeito concitado, tão fora de hora, como se a temesse um pouco, esquivando-se, do quê? Passará, pensou. Tentou vários assuntos. Os novos, os novíssimos, o realismo apocalíptico, os valores universais e a expectativa de novos modelos, segundo outros valores. O diálogo podia engrenar, não fossem as interferências do rádio. Por que hão de permanecer? São importantes no momento em que existem. Há marcos históricos que não são necessariamente literários. Sim/mas: assunto maçante de debates inúteis em congressos. Onde é mesmo que você está hospedada? Num dos caminhos do morro. Sobe aí pela encosta, atrás daquele, como é que se chama? Hotel Mayflower. Não gosto de dirigir. Vamos jantar na Barra, assim depois te deixo em casa. Prefere jantar num motel? Não, vamos jantar num restaurante. Depois podemos passar por um motel. Motel, motel. Esta questão fica para ser discutida. (Meu Deus, que azar, de novo, agora. Com a palavra proferida assim a frio, intenção dissecada, sem nenhuma anestesia. Sente-se mal. Haverá remédio para este mal-estar? Que vá por conta da falta de plano, da pouca estratégia.)

Restaurante? A mesa nua de um dinabar. No canto, dois casais se beijando sob o guarda-sol temporão. O mar? Nem se vê, impedido por toldos, plásticos, garçons. Camarões e gim tônica. Reunindo os fluidos, a tentativa de recuperação. Me interessa saber que ser humano se esconde atrás de toda esta fachada. Não pode não haver nada. Não pode ser, como queres me mostrar uma série de articulações a esmo. A instrumentação de vozes captadas como por alguma antena: Adams, Cable, Harris, Jarrell, Wilder, Moore (todos americanos). A enumeração de hábitos mecânicos: o uísque, o cuper, a leitura, a empregada que lhe serve o mamão (ou será a mulher de unhas cuidadas e de novela que ele tanto crucifica?), as cidades da Espanha. Alguma impressão mais profunda: Nova York. O bairro dos negros, dos judeus. A violência da noite, do cinema, da massa esmagadora do granito. A organização da política e o mundo underground. "Increases the desire but spoils the performance." Com tradução e tudo. Outro gim, puro. Que mais posso fazer pra te provar? Posso beber dez, sem me alterar. Come este camarão. Tiro-o de meu prato. Você quer alguma coisa diferente?

Por que não respondeu minhas cartas? O que você pensa de mim?

Não sabia que também era escritora. Aquela tradução tão difícil. Aprendeu lá mesmo? E a polícia? Não tem ficha? É da diplomacia? Não sou não e nem tanto misteriosa. Apenas talvez complexa. E gostaria de fazer-lhe conhecer uma mulher um pouco diferente daquelas que representam teus escritos. Talvez um desafio, um orgulho do sexo.

Não tenho nada contra o sexo. Não estou me negando. Apenas o considero o coroamento de uma relação.

Há quanto tempo nós nos conhecemos? Um ano, pelo menos. Já está certo. A primeira vez não pode, não convém. (Meu Deus, como parece o Ivo, nessa hora.) Já na Segunda... Quero dormir com você. Não mitifico as mulheres, como você diz. Pelo contrário. E o sexo é tão gostoso como comer camarão. (Meu Deus.) O homem tem tesão, a mulher não. Esta, a diferença. Por isso, é mais complexa, o que é ótimo, também. Para o homem é tudo mais simples. Quero ficar nu, um ao lado do outro, num motel. Nada de mal há nisso. Telefone para sua amiga. Diga-lhe que chega à meia-noite, quando acabar a novela do espigão. À meia-noite te levo. Telefone. (Socorro! Por onde desandou. É o maldito gim, já não raciocina, não respeita o antes e o depois. Nem lhe passa pela cabeça que a Mulher...)

O que penso de você? Que é boa, inteligente, generosa, bonita (fazia-te mais loira). Não quero saber como você vive com seu marido nem como eu vivo com minha mulher. Estamos aqui, os dois, adultos. Tenho pressa. Telefone. À meia-noite te levo. Telefone para sua amiga. (Será apenas um "leitmotiv" tranqüilizante ou haverá em casa uma mulher esperando que termine o lançamento do, quem era mesmo o autor daquele livro terrível sobre delinqüência infantil?) Sou tão ocupado. Trabalho demais. Mas leio muito. Edina, é ótima, já li. Felina, uma escritora. Rubia, maravilhosa. Não comento. Todas são boas. Não costumo comentar. Minha palavra de ordem, minha lei. Era mais loura. Mas o olhar é bonito. Não sei o que quer dizer, mas é bonito. Olho. O guardanapo esconde a boca, o nariz. Comprimo. Apenas olho. Olhos desesperadamente. Frases sucedem-se. Não mais as ouço. Tenho frio. Seus olhos fitam-me. Avelãs. Pequenas fendas de censura encurralada que ainda ousam fixar-se, momentâneas, no curso desperdiçado do existir. A mão esboça um gesto de carinho. Por que tanto medo? Apenas esboça.

Mal roça a dela. É fria? Até que não. Logo, retrai-se. Que fazer? Consentir neste enorme desperdício (sinto-me tão bonita, tão ardente, tão disposta) por duas horas contadas, na cama branca de um motel azul? (Ninguém nos vê — ninguém sabe. À meia-noite te levo.) E depois? Depois que descobrir a pinta negra provocante que tenho sobre o lado esquerdo, a carne rija e quente e tão ansiosa por um amor consistente, por uma contemplação perene, interessada, atenta... Depois,... Não haverá tempo. Em duas horas (nem isso) haverá a roupa caindo um pouco deslocada sobre a cadeira manca, lá no canto, e o lençol, logo recobrindo pudores anacrônicos. A ereção talvez dificultosa (o gim, a emoção, a espera, o inesperado) consumando-se entre sopros e gemidos. A boca beijando, uma ventosa aplicada a superfícies variadas. Vícios, provavelmente "indulgere et lassare". Deixe, o que é isso? Somos adultos, não há mal nenhum. O desejo nos une, nos absolve. É a roda que gira, é a força que move o mundo. É o que importa. O resto — baboseiras.

Depois, levantar-se. Lavar-se. Recompor o semblante. E falar, quem sabe, um pouco, enquanto acende, já sem receios, o charuto. Contar o quê? De meu trabalho? Preciso de dinheiro. Muito. Escrevo porque sou louco. Conte-me de você. O que você faz em São Paulo? Quais seus afazeres, suas viagens, suas leituras. Conhece Mariane Moore? Sabe, você é gostosa. Podemos nos ver ainda. Daqui a um ano, quando você voltar. Você tem filhos? Você vê televisão? Desculpe, sou um grosso. Sua pele é tão macia... seu dentinho saltado... Quando for para São Paulo, telefono. Poderemos nos ver, não fique triste. Que olhar é este? Lá também tem hotéis. Que horas são? Tua amiga. (Minha mulher.)

Está certo, vou telefonar. Enquanto isso, você lava suas mãos. Levanta-se, abanando-as. Dorso encurvado. Pernas bambas. A emoção da conquista, o tesão. Levanta-se, ela também. Esboça alguns passos em direção à caixa, ao telefone. Volta, apanha a bolsa. Dá uma rápida olhada. O corpo ereto, sai pela porta da frente, dobra a esquina. Começa a correr. O mato do terreno dos fundos agarra-se às pantalonas de seda. O salto da sandália messalina desprende-se. Restam os pregos que se encravam na entressola. Cão que corre, de detetive de polícia. Chorar? Nem vale a pena. A lua, lá no alto, as estrelas, o néon do Motel Tropical. Nem correr precisa. Apenas evitar as rodovias principais. Andar descalça pela contramão. Pegar suas preocupações tão estudadas, que são e que não são ao mesmo tempo, sua curiosidade tão sutil da natureza humana, aquela sonata tão triste de Beethoven que tem seu nome, com razão, pegar o lamento do mar, o grito da gaivota, o murmúrio das ervas, dos insetos, e fechar a boca deste desejo imenso que ainda tem, esta esperança estéril e estertórea ainda pronta a tentar, a recompor, a entregar-se ao primeiro Homem capaz de ser, o quê? E o mundo gira incrivelmente, automaticamente, mecanicamente gira gira gira enquanto, um ano, um mês, um dia — tudo se acaba. Restam apenas os milhões de crianças perdidas neste enorme país, e alguns seres desencontrados que ainda seguem os rastros de um deus morto, sozinhos, na noite.

O CLUBE

Não sei por que cargas d'água você, que embora afoito é tão cuidadoso, resolveu levar-me ao clube. Menos ainda sei explicar porque eu resolvi aceitar. Lá fomos nós num começo de tarde de sol incerto. Havia muita gente, provavelmente por ser sexta-feira e pelo fato de o clube, num bairro de Interlagos, estar atravessando um período de hegemonia graças à temporada de corridas e à grande afluência de torcedores. Por sinal dentro do próprio clube havia uma pista para amadores e você, um deles, estacionou seu carro bem de frente a ela, sob a proteção de *eternit*, como se fosse haver uma corrida ali mesmo, naquela mesma tarde.

Andamos naturalmente pelas dependências do clube, completamente à vontade, sentindo o solzinho aquecer lentamente a cabeça e já pensando no que haveríamos de pedir para o almoço — linguado/siri/salmão eram as sugestões do dia — quando uma mulher de roupa clara ao vento e cabelos idem, com jeito de americana cinqüentona e lá vai, que tudo faz para debelar a idade, evoaçou de seu lado e cumprimentou-o sorrindo. Você respondeu naturalmente ao cumprimento e continuamos andando. Julguei que seria uma das tantas conhecidas que se podem ter num clube e nada achando de relevante para comentar, nada lhe perguntei. Fui porém reparando aos poucos que você estava incomodado, como se o fato de ter encontrado a mulher pudesse dar ensejo a alguma conseqüência indesejável, mesmo que mínima. Foi aí que me ocorreu pensar pela primeira vez que não tinha sido boa idéia irmos ao clube. Por estar justamente pensando nisso não estranhei o fato de estarmos indo em direção ao restaurante dos fundos, próximo ao alojamento dos empregados, e de você me pedir que o aguardasse à mesa que ficava atrás do piano e era protegida da passagem por um biombo de jibóias e outras trepadeiras.

Sentei-me e, após ter absorvido o curioso eflúvio do ambiente aquático desta zona da represa, puxei de minha bolsa o indefectível livro e pus-me a ler. A impressão era a de estar num desses hotéis antigos do interior, de paredes amarelas, há tempo precisando de uma reforma sempre adiada. Os pés dos vasos das plantas, em formato de lírio gigante esbranquiçado, estavam dentro de meu campo de visão e já faziam parte do conto que estava a ler, tão entretidamente, pois se tratava — eis o curioso — de um trecho de uma narrativa familiar:

"Durante uma viagem do ex-marido e porque a filha pedira muito ela concordara em passar uma temporada junto com ela, em sua antiga casa. Resistindo ao constrangimento de se encontrar na casa que fora dela e na qual agora em todo canto imaginava vestígios de uma outra história, estava a olhar pela janela as dunas de grama verde frente ao mar, imaginando como elas descansavam a vista e como era tentador abandonar-se a seus declives puros, extrapolando o mundo lá fora, variegado como uma barraca mexicana à qual, nesse momento, ela associava Bernardo, suas sandálias, suas roupas coloridas e a sensação de que ele estava tão longe, tão remoto, tão impossibilitado de socorrê-la nos momentos de maior fraqueza".

"Da janela da sala foi à garagem retirar as coisas da Kombi e, no momento em que uma rajada de vento entrou e levantou-lhe o cabelo, a filha gritou ao vê-la machucada. Ela sabia de uns galos no couro cabeludo que a incomodavam há tempo, mas assustou-se ela mesma ao vê-los transformados de uma hora para outra numa série de feridas em carne viva. — É uma surpresa para mim também — foi a única coisa que soube responder à filha, mas a visão desses *bad hurts* a deixou pensando que realmente a vida a tinha machucado muito, muito mais do que ela pensava e tinha deixado essas marcas estúpidas, indeléveis, como estúpido fôra no fundo o fato de ela ter abandonado essas dunas, esses hábitos, esses cuidados, esse verde, por uma colcha sem unidade nem continuidade e que precisava ser recosturada toda noite. Penélope à força, já que recusara sê-lo por amor? De repente sentiu uma vontade tão grande de se abandonar sobre a grama, sobre a terra, sobre o nada, mas — ainda é cedo, se disse. Aliás, pegue! e deu-se um soco na cabeça, sem reparar na dor. — Já devia ter apreendido que tudo o que sobrevive é a duras penas, só o sonho é dádiva, mas se desfaz ao amanhecer. É só manter viva a vontade... — Estava nesses pensamentos quando se deu conta de que a filha, afoita, voltou dizendo que o pai tinha chegado inesperadamente e que não estava só. Ela esqueceu bolsa e sapatos, na corrida, para não ver nem ex-marido nem atual mulher e quando se viu sozinha e esbaforida ocorreu-lhe pensar que algumas coisas realmente acabam nesse mundo, mesmo deixando marcas e não adianta querer revivê-las e que..."

Só percebi que os pés dos vasos não faziam parte do conto quando o focinho dos dois cachorrões pretos começou a me farejar daquele jeito úmido e violento que eles têm e os empregados que estavam no alojamento de *shorts* e camiseta vieram correndo para segurá-los. Medo eu não tive, mas a atmosfera da leitura estava desfeita, e foi aí que percebi quanto tempo já havia se passado. Não sei se foi por causa dos cachorros (eu achei que fôra você a sugeri-lo, em vista de seu atraso), mas logo em seguida o *maître* acorreu e com ar sério e compenetrado abriu a porta que dava para a praia da represa e me convidou a esperar ali, sentada no banco frente ao lago. Para lá eu ia me dirigindo quando o ocupante do apartamento conexo ao banco, que chegava exatamente naquela hora, puxando a chave com bola de madeira número doze do bolso, apressou-se em informar-me meio alarmado que aquele apartamento era dele. Já irritada, decidi agora procurar por você e saber dos motivos de seu desaparecimento.

— Agora eu sei com quem se parece a loira — ocorreu-me pensar de repente, enquanto voltava sobre meus passos, refazendo o percurso que me levara até ali —, tem a mesma expressão da Marta. Marta era a mulher do ex-sócio do meu ex-marido que, sempre que vinha ao Brasil, procurava me agradar de todas as maneiras. Presentes, confidências, elogios, teria jurado que ela realmente gostava de mim e teria retribuído de bom grado, não fosse o Luz D'Elia ter-me impressionado com o jogo do tarô: — afaste-se de Áries. Curioso como tantas outras coisas que ele me disse não as gravei minimamente, mas de fato ficou pairando sobre minha cabeça como uma espada. Lembro que da última vez que Marta esteve no Brasil (naquela época estávamos morando no Rio), provavelmente para redimir-me de minha rejeição inconsciente, ofereci-me para levá-la até Petrópolis conhecer o palácio imperial. Almoçamos num restaurante português da Lapa, muito característico e pegado ao hotel onde ela estava hospedada com o marido. Entre uma peixada e outra, acabamos tomando tanto vinho que todos acharam de bom alvitre que Marta descansasse um pouquinho antes de ir a Petrópolis, enquanto os homens acabariam de tratar de negócios e eu iria buscar o meu carro. Demorei-me talvez mais do que pensava, pois resolvi passar pela feira e comprar uns peixes para o dia seguinte (Marta adorava peixes) e a feira para mim representa uma verdadeira tentação. O fato é que quando cheguei ao hotel já eram umas quatro horas e minha preocupação era agora que o dia acabasse cedo demais, antes que pudesse mostrar a Marta os segredos do paço. Por isso fui andando ligeira pelo corredor com a intenção de bater de leve no quarto deles, quando ouvi distintamente a voz de Marta vindo de um outro quarto e fui abrindo tranqüilamente a porta, sem sequer imaginar que pudesse haver ali algo de mais privativo do que uma arrumadeira arrumando a cama, a quem ela estivesse se esforçando por perguntar alguma coisa. As conseqüências do que eu vi foram em grande parte responsáveis pelo meu divórcio.

Curioso, depois de tantos anos, eu estar lembrando disso, bem agora. Sacudi a cabeça e olhei para cima. Tinha chegado à extremidade da cobertura de *eternit* no ponto em que ela encontra o barracão onde são recolhidos os barcos dos sócios que necessitam de conserto. Ao longe, em volta de um barco, alguns empregados carregando baldes, cordas e, no meio deles, quem senão você com sua camisa xadrez, dando instruções muito enlevado e, como sempre você faz quando quer impressionar, falando com sua voz de barítono com quem senão com a loira da entrada a quem você cumprimentara com jeito de quem mal está lembrado?

Ah, não. Dessa vez não. Marta ou Maria, dessa vez não me pega. Volto pela segunda vez sobre meus passos, atravesso o clube correndo, passo pelos alojamentos, abro a portinhola que dá para a represa e bato com vigor à porta do apartamento número doze. O mesmo senhor peludo me abre com ar de sono e antes que fale qualquer coisa digo-lhe, impetuosamente: "*Joseph, t'en souviens plus, c'est moi...*".

TENTATIVAS

A tentação de trabalhar no setor imobiliário se me deparou desde o chá na Brunella, na comemoração dos vinte anos de formatura, quando minha colega dos remotos tempos da Maria Antônia, ora recauchutada em Sala de Eventos do IEA/BCD, me contou de como deslanchou, na rua Caconde, sua gloriosa carreira de bem-sucedida vendedora de imóveis. Pois bem, de repente mordeu-me o demo da emulação & aventura (nunca se sabe a quem se pode encontrar), coincidindo com o fato de eu ter vindo a ser a fiadora da Christal, uma colega que procurava apartamento para o filho, justamente na imobiliária Lala & Cia., que me vendeu a casa da Santos Dumont e que estava, assim me disse a sócia da Lala, ampliando seu quadro de vendedoras.

Lá fui eu, esperançosa, que digo, certa do sucesso, me candidatar ao emprego.

Só que para firmar a coisa — disse-me a sócia — teria que aguardar a gloriosa volta ao Brasil de dona Lala alguma coisa, que além de ter ido à Itália renovar seu guarda-roupa era casada com alemão e mãe de uma venturosa filha que me atendera como vendedora alguns anos antes, quando eu comprara a casa da rua Santos Dumont. (A qual, no primeiro dia de trabalho na Imobiliária da mãe, tanto fascinara o cliente português-à-procura-de-casa que com ele se casara, decidindo-o pela não-volta a Portugal e sim pela permanência no Brasil, onde filharam e onde agora ela não mais é aquela jovem donzela de rabo de cavalo mamã, mamã, que tanto enriqueceu minha fantasia na época de minha compra imobiliária e quem diz que até não a condicionou? sabe-se lá onde ataca o liminar, mas uma figura comum de mulher jovem parida de rosto quadrado e cabelo e olhos castanhos sem brilho, ponto.)

Aguardei a volta de dona Lala e mais ou menos um mês depois marquei uma entrevista com ela.

Desculpei o fato de dona Lala ter perguntado a meu respeito à fiel secretária: "Dona Vera? — e quem é essa senhora?"— não propriamente em voz baixa, tanto é verdade que ouvi, mas, como digo, desculpei-a. Afinal, ela não tinha motivos particulares para lembrar-se de mim, como eu dela. Depois deve ter-me reconhecido, tanto mais que elogiou meu colar de contas de coral que "para nós dão sorte". "Até agnição nós tivemos", disse ela rindo, ficando de me telefonar em breve — e *feeling* também, disse eu, induzindo que a coisa daria certo e eu passaria a ser considerada, em breve, persona grata no Empreendimentos Imobiliários Lala & Cia.

Reconheço: dona Lala & seus Arredores tinham, por motivos que somente Freud conhece, me enfeitiçado o subconsciente.

Tendo-se passado o tempo, meses, para dizer a verdade, sem que ela me retornasse coisa alguma, decidi ir *in loco* ver com meus próprios olhos e, quem sabe, reiterar a proposta.

O prédio onde se re-instalara a Imobiliária era o que podia haver de pós-moderno-clássico, em mármore branco com palmeiras anãs e recortes em madeira natural, coisa que me agradou particularmente, pois nesse pormenor sou um pouco como o Teixeira, senão mais: meu reino por um ambiente. Subi e entrei na Grande Sala que conforme a hora vira copa-cozinha-lavanderia e recepção dos empregados do Empreendimentos, achando que era isso mesmo que devia ser a "reengenharia espacial" de que tanto se falava e que tinha sido um excelente achado.

Conversei antes com duas das felizes vendedoras que me haviam antecipado: jovens, espevitadas, vitais e produtivas, até ser recebida pela icônica Dona Lala que, em movimentos milimetricamente medidos de seus lábios, me reiterou, sem nada omitir, tudo o que me dissera d'antanho: a firma fôra recém-reconstituída após a separação da sócia rica Marika, a americana, e estava em fase de reestruturação. Eu tinha o telefone da residência dela, ela tinha o telefone de minha residência e assim nos telefonaríamos uma à outra, e assim tudo estava bem e acertado. Já me encontrava no andar térreo quando me lembrei de um reparo dela da primeira audiência ("tem algumas senhoras amigas minhas, ricas, cheias de conhecidos, que gostariam de trabalhar aqui, mas eu prefiro alguém com mais garra, e não convido"). Ah, ah, era isso, então!

Tinha tudo para me convencer de meu fracasso, inclusive a desconfiança de que quando as pessoas não querem acertar nada com você se abrem em detalhes pormenorizados quanto ao endereço, ao número, ao farol, à transversal, à esquina, mas não me conformava. Resolvi subir mais uma vez. Subi e a primeira coisa que eu fiz, ao me deparar na Grande Sala com a lavadora aberta, foi colocar na boca dela a jaqueta que estava na cadeira, provavelmente de alguma vendedora, fechá-la de leve e dar a partida. Depois de receber dos lábios da acorrida dona Lala uma ironia de tipo comedido (— ah, bem, pensei que estivessem brincando comigo —) sentei-me à mesa e disse: "— Nada foi brincadeira, ouviu? Não é seu serviço que é bom demais pra mim, eu é que sou boa demais para ele. E fique sabendo que não me impressiona sua boca de batom tijolo, nem suas jóias fantasia, nem seu salto cinco, nem sua fala descansada. Eu desencano logo logo de você, de seus clientes japoneses, de seu advogado Del Picchia, de seu marido alemão. É só me dar um tempinho e me dizer francamente: por que você acha que eu não sirvo como vendedora?".

O.O.

Que Deus o tenha (e que me perdoe, também, se Ele existe e se maldade houver), mas O.O. será lembrado nesse mundo principalmente por uma frase, fruto de sua experiência terrena, segundo a qual a mulher pode ser classificada conforme a tricotomia: "uma fêmea, uma lady, uma vaca". Foi dela que lembrei ao reencontrar o endereço da Bolé, depois de tanto tempo. Tratava eu de consertar uma porta de correr que separava um quarto de arrumos onde, durante anos, foram despejadas recordações com a promessa tácita de que seriam logo revisitadas, reavaliadas, vividas até mais intensamente do que da primeira vez. Como parece que esse tempo chegou e a porta não corria, resolvi primeiro consertá-la com o formão escavando o lenho e soprando a cada escavação para espalhar a poeira acumulada e principalmente ter a sensação de que a coisa estava progredindo. Segundo, juntar tantas roupinhas de nenê que haviam ficado semeadas pelas prateleiras e dá-las de presente a alguma associação de caridade, para, finalmente, poder colocar nas estantes, agora liberadas, a pilha das pastas com datas e etiquetas, na esperança, com esse gesto propiciatório, de vir a ser, quem sabe no futuro, objeto de alguma Dissertação de Mestrado (sobre qualquer coisa, menos, esconjuro, "Feminismo no Cone Sul"), para não vê-las no lixão da Prefeitura, como aconteceu com as pastas da Sophia após sua morte, amém.

Lembrei-me, justamente, que a Bolé estava agora mergulhada em obras de caridade, depois que trocara a comuna pelo carisma (a velhice faz dessas coisas, dissera inclemente, m. b.), e tive a tentação de ligar para ela. Perigosa, diga-se de passagem, como todas as idéias que envolvem recordações, feitas para serem lembradas e não para se materializarem, feito assombrações, a não ser que tenham coisas importantes para dizer, como a Liuba, por exemplo, mas mesmo assim o perigo subsiste.

(O caso da Liuba foi que depois de morta voltou de noite e sentou-se na cadeira do meu quarto toda sorridente e eu segurei-lhe febrilmente o braço e perguntei aquilo que sempre quis saber neste mundo, embora desconfiasse que a resposta, existindo, só me seria dada no outro. E ela desapareceu numa mancha negra e eu continuei segurando seu braço firmemente e repetindo a pergunta com toda a intensidade e implorando que não fosse embora e me dissesse e ela voltou toda sorridente e iluminada e disse: "Existe sim". Só que depois acrescentou que agora ela era uma atriz bem-sucedida no Mato Grosso do Sul e isso tirou quase toda a credibilidade àquilo que tinha falado, pois é possível existirem atrizes bem sucedidas no Mato Grosso do Sul?)

Como hoje (diz-me Marcos), a juventude se divide em *playboy*, *hippie*, metaleira e normal, na nossa época ela só podia se quadripartir em AP, PC, POLOP ou Alienada. Mas Bolé, que evidentemente exorbitava de uma dessas categorias pré-golpe, era um caso à parte. Fazendo jus ao título de fêmea, com que O.O. a distinguira na época de seu romance, os "caras bons, de esquerda" (os únicos que importavam), que obviamente podiam pertencer tanto a um quanto ao outro sexo, ela os classificava ainda taxativamente em "os que atingem o clímax e os que não atingem o clímax". "— Minha filha, usa o pepino" — dizia com ar profissional à feíssima Morta, absolutamente convicta de que a cucurbitácea resolveria os problemas, não se sabe bem se cosméticos ou outros, da agoniada criatura. Sua popularidade era tão grande entre nós, moradoras da pensão do Eduardo, vindas dos vários rincões do Estado, que não faltavam, entre as pretendentes à sua amizade, farpas e caveiras, que ela demolia com o sempre definitivo argumento *pro reo:* "vai ver que é boa de cama". Chegava à hora do almoço, aluna recém-transferida de uma universidade do interior para a USP, as pernas enfaixadas no *tailleur* amarelo que tinha comprado na Old England, na lapela o broche da abelha que tinha ganho de O.O., nos dedos cuidados com creme de abacate o anel de esmeralda bruta, idem, os cabelos alisados com *henné*, os sapatos de salto, o batom caramelo, a voz grave e persuasiva, o livro da Karen Horney debaixo do braço, e sempre uma anedota para contar. Enfim, não havia quem não lhe admirasse a vitalidade, o astral, o pique, ou como quer que se chame hoje aquilo que não faltava à nossa geração: desafio?

Não se ficou sabendo por qual das duas outras categorias femininas tenha optado O.O. antes de reunir-se ao cosmo, mas sei o que eu vou fazer. Não vou telefonar para a Bolé, mas à noite vou pensar intensamente na Liuba e pedir a ela que me dê um bilhete para a peça de sucesso que está levando agora, no Mato Grosso do Sul.

DOUTOR FORTUNA

A casa era grande e bem distribuída. Provavelmente não era assim, no começo, tendo sido ampliada à medida que as posses do doutor iam aumentando. A clínica, naquela época, era boa e não faltavam clientes. Embora sua especialidade fosse a ginecologia, tinha-se já há algum tempo inclinado para a psicologia. "Psicologia hermética", disse-me sorrindo o meu médico, que fôra aluno dele e a quem me dirigira para saber de uma possível entrevista que me inspirasse um romance que pretendia escrever, tendo um médico como protagonista. Ele mesmo telefonou ao ex-professor, explicando, sem maiores detalhes, que se tratava de uma entrevista jornalística — e ficou combinado nosso encontro.

Fui visitá-lo, pela primeira vez, com as crianças, que levei "emprestadas" da casa de minha irmã, não sei bem porquê. Ou melhor, provavelmente havia, em minha profundidade, uma cisma qualquer. As crianças, já bem crescidinhas, não paravam. Conseguiram encontrar motivo para brigar até mesmo na sala em que foram acomodadas por uma excelente senhora que tomava conta da casa, pois o doutor, "viúvo de há pouco, ainda não está acostumado com a vida de solteiro". Na verdade logo reparei que de "excelentes senhoras" havia muitas naquela casa, demasiadas, para meu gosto, e moças também, todas esperando sua vez. Enfim, pensei entrando no gabinete, dificilmente conseguiria a tranqüilidade para aquela entrevista a que me havia proposto. Mas nos poucos momentos em que eu tinha conseguido encará-los, os olhos do médico haviam-me prometido mais do que houvera podido imaginar, por isso insisti, aprumei-me e comecei.

— Não sei por que esse bendito gravador nunca cumpre a função para a qual foi criado. — Devem ser as forças — diz o doutor Fortuna, sorrindo. Reparo que tem um rosto interessante, o cabelo ainda basto, apesar da idade, a testa espaçosa e as mãos moles, de quem lida com livros e mulheres.

— Você não sabe o que são as forças, hein, menina? Continua sorrindo, mas de repente se concentra. — Eu fui muitas vezes à Europa, Segovia em particular, você conhece? Segovia é uma coisa fantástica. Em Segovia tem uma das sete maravilhas do mundo moderno. Um castelo de contos de fadas, sobre o rio Eresma. Em compensação, é um lugar frio, úmido, não sei como é possível morar lá. Mais abaixo existem duas das coisas impressionantes de que lhe falei. A primeira é uma igrejinha do culto de Nossa Senhora do lugar. O que já houve de milagres lá, nem lhe falo. A outra é um convento, e eu não lhe digo tudo ainda, mas um dia chegará lá, um convento, que contém o túmulo de San Juan de la Cruz. Aconteceram comigo coisas muito curiosas. Coisas que eu descobri de um ancestral meu que eu herdei na memória atávica.

— Sabe, eu tive uma educação toda especial — agora compreendo que foi por inspiração dele — no sentido de mortificar as quatro paixões naturais, só para você ver como são as coisas: gozo, tristeza, temor e esperança. — Mas elas não são uma o contrário da outra? — interrompi movida pelo modelo mestre-discípulo que estava se esboçando. — Brilhante, menina, brilhante — respondeu ele, conforme eu esperava. — Pois a educação assim procede: exaltação e rebaixamento, preste bem atenção: exaltação e rebaixamento.

E assim fiquei ouvindo-o falar, arrebatada, até que a senhora veio avisar que todos estavam querendo saber se era para desistir da hora, sem contar o fato de que as "crianças" já tinham adormecido há algum tempo.

Diante do encantamento que fôra sua fala, pedi ao doutor que agendasse a continuação da "entrevista" para um dia em que estivesse com mais tempo e ele acedeu prontamente.

O encontro se repetiu durante algumas semanas, já sem crianças e com o gravador funcionando. Havia reunido material mais que satisfatório para qualquer entrevista, mas devo confessar, as conversas com o médico estavam cada vez mais cativantes.

Chegava às cinco, tocava a campainha, e lá vinha o Dux pelancudo me receber com aquela voz rouca de cachorro velho. Fazia-lhe o afago na cabeça e na esquina da garagem lá estava José me esperando, que agora nos tratávamos pelo nome e tínhamos descoberto, pelos meandros da memória atávica, que tínhamos nada menos que aquele antepassado em comum. Já não havia mais ninguém na casa, governanta inclusive. Às vezes ficávamos horas e horas falando, ou melhor, era ele quem contava os feitos de sua vida, cheios de cor e de memórias, às quais, de outra forma, eu não teria tido acesso. Existia um problema porém: deixando a coisa correr, parecia-me estar iludindo o velho senhor, cada vez mais inspirado, deixá-lo acreditar que admitia vir a "ter alguma coisa com ele", o que não era o caso — ainda, ao menos — uma vez que eu estava com um namoro meio engatilhado com um colega que viajara; no entanto, pelas frases cavalheirescas e sedutoras — mas firmes — que o médico fôra semeando cá e lá, sua intenção de septuagenário era a de voltar a "casar" o quanto antes. E, claro, embora eu não fosse na verdade nenhuma "menina moça", a idade dele me assustava.

Assim, após deliberar "eticamente" (é sempre aí que eu caio), propus-lhe que me iniciasse nos segredos dessa psicologia tão irresistível em sessões que pagaria normalmente, como se fosse uma paciente normal. Ele não fez as objeções cavalheirescas que eu esperava, mas aceitou de uma forma neutra, quase natural, o que me fez perguntar — a mim mesma — se não o teria magoado.

Então, começamos. Por sugestão dele elaboramos uma espécie de roteiro de tópicos que deveriam ser abordados nas sessões seguintes, e ele os anotou cada um numa ficha: a) ligação orgânica sujeito-objeto; b) aspectos desconhecidos da natureza e poderes ignorados do homem; c) espelho/natureza/cosmo; d) estados-limiar e mudanças de estado; e) signos premonitórios; f) através da morte.

— O segredo da primeira fase de nosso trabalho — começou ele, após ter-se informado se eu tinha desmaiado alguma vez — é aprender a não perder a consciência à soleira do sono, e, ao contrário, conseguir acompanhá-lo em todas as suas etapas, inclusive a última, uma situação equivalente à da morte. A morte simulada é o único meio mediante o qual o espírito pode mudar de forma. Mas não receie, trata-se de uma morte ativa, não a do corpo que se separa da alma, mas da alma que, recolhida em seu poder, se desliga do corpo. Porque a morte iniciática nada tem a ver com a morte física. E, abrindo um alentado volume encadernado em tela negra, que retirou da imensa estante poeirenta, apontou para a frase sublinhada, que disse ser de Porfírio: "*Mors duplex: altera quidem aeque omnibus nota, ubi corpus solvitur ab anima: altera vero philosophorum, quum anima solvitur a corpore: nec semper altera alteram sequitur*".

Mais do que impressionada, eu estava fascinada, hipnotizada. Quando chegava o dia do encontro, à mesma hora, dirigia-me ao carro e, pelo mesmo caminho, automaticamente, chegava à casa dele. Já conhecia o cheiro da cerca de cunhã, que ele tinha trazido da fazenda da mulher, com suas flores violeta. Já conhecia o latido rouco do Dux, que tinha acabado de tomar seu litro de leite. Já sabia que atrás do jasmim tinha a piscina abandonada, precisando de um trato. E sabia também que estava perigosamente me apaixonando.

Eu relatei, a seu pedido, quais eram meus sonhos favoritos e quais os de que eu não gostava, quais os momentos de minha vida em que eu fôra feliz, quais os que me fizeram sofrer, e ele ia anotando nas fichas, sem quase me interromper. O que mais me doía era sua maneira de tratar-me, agora, completamente profissional, tornando-o cada vez mais atraente. — A dificuldade da via seca é maior, para nós. À diferença dos orientais ou dos antigos, cuja consciência ainda está aberta ou semi-aberta ao mundo não-corpóreo, graças a uma relativa independência dos circuitos orgânicos mais profundos dos controles e das tradições cerebrais, nós optaremos pela via úmida. É a que oferece possibilidades mais imediatas, mas tomaremos cuidado também, e todo cuidado é pouco, para que a realização tenha caráter ativo e não estue em estados místicos ou extáticos. — Ah, como eu gostava da maneira de ele se expressar. E como desejava compreender o que ele dizia. Se o José me desse outro ensejo, encontrar-me-ia, dessa vez, pronta e sequiosa por qualquer experiência.

Com certeza o ofendi, ficava remoendo dentro de mim. Malditos pruridos. Não fossem eles, teríamos continuado naquele clima noumênico, dane-se o que teria podido acontecer. Ferida em meus brios, e sentindo que para que a situação mudasse era preciso um corte, arrumei uma viagem e interrompi as sessões.

A viagem foi o melhor remédio. Voltei refeita, segura de mim e completamente restabelecida. Tinha comprado uns livros magníficos sobre a tradição hermética e os espíritos das catedrais. Escrevi ao José uma longa carta, contando tudo e semeando esperanças concretas. Não via a hora de chegar e de telefonar para ele. Tanto mais que o colega viajante tinha-se revelado o grosseirão que suspeitava, libertando-me de qualquer compromisso. Esperei uma tarde em que os astros estivessem a prumo e, particularmente animada, liguei para a casa dele.

— Vera? Que Vera? Vera do quê?

No começo, não acreditei. Não podia ser verdade. Corei de vergonha e de despeito. — Não é possível que ele tenha esquecido, repetia continuamente. Cheguei a chorar. — Ora, disse-me o amigo Leo, dê-lhe tempo de ligar os neurônios. Você pega, desaparece, e quer que as pessoas lembrem de tudo. Afinal, ele já passou dos setenta. Você é exigente demais com as pessoas.

Deixei passar alguns dias, entreguei a um portador os livros que havia comprado para que os levasse pessoalmente ao endereço do José com uma dedicatória incisiva, criei coragem e tornei a ligar.

— O doutor Fortuna não está mais aqui — disse-me uma voz feminina que me pareceu familiar. Ele casou de novo e viajou para o Exterior.

EX-LIBRIS

Adoro receber cartas, especialmente de desconhecidos. Embora há muito tenha deixado de acreditar no acaso, ele às vezes parece se divertir, naturalmente às custas de quem já não acredita.

Recebi uma carta de certo Ricardo Pontil, dizendo-se um ex-aluno de há muito tempo que havia encontrado um livro meu num sebo da Consolação e com o pretexto de ter gostado dele pedia a permissão para enviar-me uns seus escritos "que não conseguia não escrever".

Embora não lembrasse do aluno, o fato de tê-lo sido foi determinante. Quanto mais passam os anos, mais me vejo atraída por certos valores que antes nem o eram, alguma memória em comum, por exemplo.

Respondi-lhe, relendo sua carta escrita em duas letras completamente diferentes, que poderia enviar seus contos, ao mesmo endereço para onde ele havia mandado a carta. Deixei nas entrelinhas a possibilidade de ele entender que, além do profissional, havia de minha parte um interesse humano: saber o que o levara a abandonar a criação (imaginara-o economista ou contabilista) e a reencontrá-la tantos anos depois, por exemplo.

Passaram-se algumas semanas de grande agitação postal, quando me chegou um enésimo SEDEX, que imaginei ser um dos tantos trabalhos atrasados que continuam me chegando, mesmo às vésperas do Natal. Eram os contos dele.

Apesar da sintaxe periclitante e dos modismos lexicais, não sei se meu interesse foi despertado pelo assunto propriamente dito ou pelo remetente: o fato é que minha leitura foi voraz, quando não sôfrega.

Qualquer psicóloga tipo "último desafio" diria imediatamente que o fato de ele alternar narrador e narradora correspondia, *et pour cause*, às linhas da carta escritas em grafia diferente. Quando era ela quem contava, a ênfase deslocava-se para detalhes e reminiscências, a ação tornava-se passiva, a espera "armada" era a grande heroína, enquanto que, quando era ele, a ação se tornava diretíssima, até demais, diga-se de passagem, mas o que as narrativas tinham em comum era um aspecto que por eufemismo costuma-se designar como "forte". Estive a ponto de largar a leitura após o primeiro ato descritivo básico, imperdoável para alguém que se quer escritor, mas algo me segurou; provavelmente o interesse humano. De modo que continuei intrépida até o fim, sem mais me preocupar com outros deslizes.

O último conto é uma história nebulosa de uma fulana que havia sido convidada por uma comunidade a dar uma palestra no clube, sobre um filósofo dos anos cinqüenta, que fora objeto de sua Tese. Ela levara o programa-resumo consigo:

> *2 horas*
> *Ilusionista filósofo francês*
> *Perda — abandono*
> *Substituição*
> *Conclusão*

Sentara-se no salão do clube onde são realizados os bazares de fim-de-ano para esperar a hora de se apresentar, mas, por um gesto de solidariedade bastante convincente (o autor tinha momentos de boa penetração), resolvera ir até o auditório e assistir à perfomance do convidado que a precedia no programa de atividades para aquela noite. Ficara tão absorvida com os malabarismos do ilusionista que lhe lembrava alguém conhecido, que mal percebera duas coisas: primeiro, que a sessão de cada noite, no clube, era de duas horas e que, como o malabarista já estava se apresentando há mais de uma, isso significava que a sua palestra teria que ser adiada ou que, de qualquer maneira, ela não se realizaria essa noite. Segundo, que ficara menstruada durante a sessão e que se levantasse agora os vizinhos veriam os vestígios no assento onde estava sentada; o melhor era esperar o fim da sessão e sair de mansinho junto com todo mundo. Assim, mais relaxada e por efeito, quem sabe inclusive, das manhas do artista, começou a pensar com quem era que ele se parecia tanto.

"Mas claro, só podia ser ele, Monsieur Des Champs!" E aí vinha uma descrição divagante em várias línguas de como ela, durante a vigência de uma bolsa-sanduíche, se encontrando num café em Paris (vinha inclusive o preço da *pâte de pommes*, 50 F), tinha travado conhecimento com M. Des Champs. "Ela viu, no fim da ponte do Esgoto-RTP, um rosto cinza, com terno cinza, gravata preta com manchas cinza, que vinha na direção do café e sorria para ela. Sorriu também, mas desviou rapidamente o olhar. Comeu a torta e pensou, que vá com Deus. Que nada. Lá vinha ele do outro canto do café, depois de ter dado uma volta pelo quarteirão, ainda mais sorridente. Sente-se, disse-lhe ela, animada com a idéia de treinar o seu francês. Aí ele sentou e contou uma longa história de um ressarcimento que o Estado lhe devia. O monólogo continuou por muito tempo, incluindo a bomba atômica francesa e os pais dele, a mãe grega e o pai da região da Pulhas. Ela olhava bem para ele, enquanto se esforçava por escamotear a dúvida se o credor não seria, na verdade, o Estado de sua inteligência. A um certo momento ele se exaltou tanto com as reminiscências de sua vida egressa que passou a falar um linguajar curioso quase Juó Bananère. (*Manco a scuola italiana aggiu fatto, che era per li figli del console, mica pe me che ero figlio di un autista di cammione. Aggio fatto l'avviamento professionale e aggio una casa a Vitry, con la mogliera che mi usma e lo figlio che mi pissa. Aggio aggiustato la macchina chíera un casino che sò io, con il sedilino per il culino del bambino, con il ciuccetto del maschietto e la cravatta sotto la ciabatta della mogliera che vuol sapere dove son stato tutta la sera. E ci stan pure li libri che vado a studiá con permesso della RTP, che aggio a diventá ricco, ma molto ricco, e allora già con lo diploma díingegnere sarà tutta un' altra cosa. E mi ha fatto piacere riparlà italiano che da molto non lo parlavo: la donna stà quatta quatta ad aspettà líimboccatura del maschio che non tarda. Cíentra sempre nel buco, nei buchi, ch 'io mica son scemo e non perdo tempo.*) Ai, ai. Para quem pensava que ia ao menos treinar o seu francês, a coisa estava mal parada. Felizmente, para tirá-la do impasse, viu chegar o Sérgio, o colega que também estava gozando uma bolsa de pós em filosofia e que tinha ido à Gallimard comprar o livro do Kojève que tinha acabado de sair."

...Como assim, Kojève, esse não era o livro que eu ia ler, bem, acho que eu li trabalhos demais. Vou parar por aqui, as coisas estão se misturando em minha cabeça, hoje, não sei por que, acho, acho que vou dormir imediatamente.

"TAMANHO DOS TESTÍCULOS IMPRESSIONA MAIS QUE O PÊNIS"
(De uma Manchete do Jornal de Domingo)

Não é que isso tenha influído, mas incomodou-me, na festa na casa da Beija, ver como a Petita reverenciava Tereza e o marido dela, Lovoglio. Isso lembrou-me uma cena, de anos atrás, em que a saudada com esse mesmo ar efusivo e comprazido era eu. Com certeza, não devo ter evoluído de acordo com as expectativas de Pepita, quero dizer, Paquita, nem meu ex, parece, ou quem sabe esteja nesse "ex", o motivo? (Certo é que meu ex nunca chegou a pastejar no pátio de igrejinha nenhuma, ouviu? Mas isso não vem ao caso.)

O fato é que a Tereza começou a me irritar mais particularmente a partir desta data.

Eu tinha preparado uma palestra que daria, a pedido de Jezebel, para um núcleo de alunos de pós-graduação, na Faculdade onde ela leciona. Tratava-se de um assunto pelo qual tinha me apaixonado durante algum tempo: a casa das Minas. Iam comigo uns alfarrábios onde havia anotado todos os *mirabilia,* bem no estilo de Machado de Assis, o que aliás sempre achei uma excelente idéia, e um aluno meu, a quem tinha pedido que assistisse minha apresentação, não por nada, mas ver um rosto amigo sempre reassegura, nesse mundo de fragilizações à espreita.

Chegamos bem mais cedo ao local, para tomar um chazinho no bar da Faculdade e para eu ter tempo de rever as anotações e não me embasbacar durante a exposição.

Quando dizem que é.... Abro a custo o porta-malas, onde sempre costumo jogar as pastas das aulas com certo ar displicente, quem sabe para disfarçar a importância que, pelo contrário, aquilo tem para mim e, para meu espanto, vejo que não há pasta nenhuma. Não há vacilação possível, sem pasta não sou ninguém: devo voltar imediatamente para casa. — Aliás — digo para o Ovídio (meu aluno) —, vamos de metrô. A essa altura o trânsito já é impossível e mesmo com as duas horas folgadas que ainda temos, não podemos nos arriscar.

Para maior salvaguarda resolvi passar na secretaria, avisar que só ia buscar uma coisa em casa e voltaria logo em seguida para o encontro, conforme combinado.

Mas o inesperado é quem estava de plantão. Em primeiro lugar, mal saí do capacho da secretaria vi a Tereza na sala dos professores e nosso olhar se cruzou. Não fosse por isso eu teria, muito provavelmente, passado reto. Não precisa ser gato para pressentir a malevolência secreta que certos seres nutrem em relação a outros, qual peçonha concentrada a ejetar no momento de descuido. Mas eu, sempre querendo fazer aos outros o que eles nem sonham em fazer a mim, quis iludir-me que, afinal, ela não tinha motivos para implicar comigo, e que, se ela tinha deixado de me devolver certas cartas privadas com o carimbo do já extinto Cursinho (onde ambas havíamos lecionado, em priscas eras), o desleixo podia não ser dela mas, vai ver, do advogado obliterado que cuidara do caso, para a Associação dos Docentes. Enfim. Aproximei-me dela com expressão de entusiasmo visível e qual não foi meu estupor quando ela, sorrindo sardonicamente do alto de sua cabeça empertigada, disse-me — Você chega a propósito. Você conhece? — Não, respondi eu, sempre esfuziante, quando na verdade minha vontade era enterrar-me, ou melhor dizendo, enterrá-la. O que tinham feito com a capa do livro de versinhos, sob o pseudônimo de cujo autor meu alter-ego pensava estar protegido e incógnito, era algo de cortar qualquer veleidade.

Tinham pego, não sem certa perícia, é preciso que se reconheça — a ilustração com que o Pedrazzini tinha estilizado a grou e a revertido em franga depenada em decúbito, dando à luz a autora destas maltraçadas em posição reversa e, como se não bastasse, tinham-lhe colocado na boca um balãozinho com dizeres tirados do próprio texto que aí, na-

RELATO DE ISMERINA

Meu nome é Ismerina Maria da Conceição, de Lagoa Nova. Nasci e me batizei lá. Meu esposo é natural de Bananeiras. Ouvia papai falar em sertão. Ele dizia — minha filha, é um lugar tão bom, tão grande, mas por outra parte é um lugar que tem muita pedra. — Pai, eu queria ir lá nem que fosse a passeio — dizia eu.

Certo dia, errando foi em março de 1937, quando o campo onde estávamos aboletados já não mais dava para nos dar o próprio bocado. "Vamos para o sertão", meu avô disse. Não sei quantos anos o papai tinha. "Eu não estou ouvindo nem estou vendo, Jesus conta", ele falou.

A gente achando por aí por fora, pode ir. E assim fomos, para a fronteira do Rio Grande e Paraíba. "No Loredo tem um povo que está catando algodão." Para lá fomos, esse tal do Loredo, morador do pai dessa, a dona Tereza, que está aí. Eu fui crescendo até que um dia teve uma festa. "Eu vou lá olhar, disse meu futuro esposo. Tem uma velha e uma nova, Eu vou olhar para essa brejeira, se for bonita vou ter uma paquera."

Gente alva eu tenho abuso, com quem eu não queria, não chegou. Com quem eu queria, chegou e eu abracei.

Pergunta a minha mãe e ela diz quem eu era.

Aí, ele ficou por ali e eu fiquei olhando. E ele foi jogar uma sueca. A gente de longe joga melhor do que de perto. Ele olhava para o sol, tinha isto de intimidade na casa. E a minha velha que se gastou a vida, doze filhos, foi e botou mais esse prato de leite.

Ele era bom para mim, eu não fiz e não vou me condenar, mas ficávamos os dois apertadinhos.

Ele chegou na cor desta toalha e eu estava fazendo roda para se pôr. Neste tempo ele era bom de saúde. Depois ficou inválido das pernas. Como de fato do meio para o fim fui eu que sustentei.

"Você quer casar comigo?" Dona Vera... eu fiquei branca. Se você tem dito... Aí eu fui com toda vergonha. Eu disse sim!

Também eu nunca dei trabalho a ninguém. Quando era nove horas já tinha arrumado tudo em casa e até ia ajudar o Chico Nicol, farmacêutico. Tinha um enxovalzinho de meu. Quando foi na hora da igreja, a igreja era assim. Era só atravessar a avenida e a gente já estava na igreja. Casamos, tivemos filhos, os anos passaram.

Na secona de 58 eu não tinha fé de escapar.

Foi essa aí que me deu de comer (aponta para onde está Tereza).

A seca era forte, o gado morria. Não tinha um homem capaz de tirar o couro e a carne. Porque os flagelados não saqueiam as propriedades. Eles têm grande respeito à propriedade privada. Se na beira da estrada há uma vaca que morreu de fome eles não comem não. Vão saquear a cidade mas não invadem a propriedade. O sistema deles preconceituoso não deixa. O gado morria assim. A gente também.

Foi naquele tempo que ele foi se operar. Tempo ruim. Duas filhas tivemos, duas se perderam com a vida. Mulher não pode precisar.

Um dia vem outro rapaz de Boa Vista: "o povo está bravo lá na caatinga". "Jerimu — digo pro meu velho —, eu quero a goiaba para fazer doce. Eu tenho sofrido mais que a jumenta da Coleira. Vamos mudar pro Cariri." "O senhor tem sítio lá?" "Tenho propriedade lá. Vamos pra lá, meu velho. E assim fomos. Morar no Cariri é bom."

Só que a tábua de pau pegou ele. Da firma que construiu a estrada de ferro. Pegou ele e ele morreu. Ele levantava a cabeça e depois baixava.

Quem não quer morrer nasce morto.

Sofrendo assim, quem não tem não deve nada.

Êta mundo velho.

Pois eu fiquei vivendo lá até que minha mãe morreu. Depois voltei para Natal, no Rio Grande do Norte, na casa da vó de Tereza. Família grande, com muito filho para trabalhar.

Ximarria — o tempo num instante passa.

Foi no mês de abril, maio, junho que sua avó não tinha ainda esfalecido — ela esfaleceu na véspera do santo —, foi quando dois bandidos foram lá, atrás de Tereza, em 1964. Tereza estava escondida, eles encontraram. Arrombaram a porta e entraram.

"O comício da Maria Barbosa está uma apelação", foram dizendo eles. "Em primeiro lugar está Nosso Senhor Jesus Cristo e Nossa Senhora", disse eu. "Onde está dona Tereza?" — foram dizendo eles, me empurrando.

Eu disse que não sabia, mas Tereza tava escondida no caixão de defunto a caminho do Rio de Janeiro, que a coisa aqui no norte estava mais brava ainda.

Eu tinha passado a noite todinha no quarto da avó dela. Fazendo quarto ao cadáver.

À tardezinha vieram uns caçadores de rua para caçar ela. Aí esses caçadores se arrancharam em baixo do pé de oiticica. Frente com frente ficou assim: casa com casa.

Eu tava dormindo um sono tão bom. Meu sono, por pesado que ele seja, ele é maneiro.

Eu senti tá-tá-tá, lá pros lados da porta.

Aí, com um pouco mais, de novo. Despertei mesmo.

Eu ouvi um resmungo do João. Eu disse "João". Ele disse "o que é?".

Eu digo: "João, aí no terreiro tem gente". Eles bateram na porta. "Que diabo bate na minha porta?" Essa minha tia levantou-se e acendeu a luz. Abriu a porta da frente. Quando eles vieram pedir licença já estava na porta do meio e os soldados ficaram fora.

Pediram licença e um foi para o quarto. Dos dois meninos meus e do João. Um foi no quarto e focou. Minha casa é dividida por duas, sendo uma. Corrigiram a casa todinha, focaram tudo, não sobrou canto.

"Mulé" — me deu um secume na minha boca. "— Sabe me dar notícia. Dona Tereza Braga é comunista." Mas ela já tinha sumido lá do sítio.

Se vocês dissessem onde ela estava, eles davam não sei o quê.

É bom que eu fiquei tão assim, que eu, é bom que tava só de combinação.

Criatura, quando olhei para mim e vi que estava só de combinação, minha boca secou que ficou como língua de papagaio. E eles olhando: e pinicavam o olho um pro outro. Eu fiquei tão alheia, tão sem ar, quando fui pegar o urinol pra jogar pela janela.

Ele falou, "não, não senhora". E ele era tão alvo que as mãos dele eram brancas.

"Eles vão falar coisas pra você", cochichou-me o João. "Mas você não se teima. Esses garotos, você sabe que estão debaixo de ordem."

"Você e seu marido vão para Fernando de Noronha."

"Não é longe não" — disse eu. "— São dois dias de viagem."

Os garapés estavam todos cheios d'água.

As muriçoca estava tudo mordendo.

Água, lama, muriçoca. Se pegassem a Tereza eles torravam ela.

"O senhor" — disse eu — "vai numa diligência. Se não achar nada, pronto. É o que o senhor vai dizer."

Botaram que a Tereza tinha saído de Natal dentro do caixão.

"Vamos" — disse ele — "Vamos."

Té logo, vá desculpando. Pode dormir seu sono sussegada que nós não volta mais.

João disse "olha!".

Aí minha tia fez o fogo, fez o café e fomos para a nossa rede.

E a Tereza foi ter no Rio com a Berenice.

Uma era a mesma coisa da outra.

Nós estivemos apertados por causa deles?

Eu é que não ia dizer onde ela estava.

Houve um juramento, mas isso aí foi muita promessa pra essa criatura não ir presa. Quando ela fugiu saíram de noite num jipe, pela Várzea. Foram deixar ela na casa de um fazendeiro que era até cangaceiro, dentro de uma sacada de serra, no estado do Ceará. Elas estavam como filhas desse homem.

Depois dona Iva foi me dando notícias delas lá no Estado do Rio, mais de dez anos.

Até que um dia a cachorra chorou. Mas ela está com o bucho cheio, falei, que será que ela tem?

Fui ver. Era Tereza.

NO COCURUTO DA SERRA

No cocuruto da serra, a 40 km de Paraibuna, vejo um parágua preto pingando rios sobre o sapato encharcado de um vulto que do carro em terceira me pareceu o de um velho. Resolvi pela boa ação. Dei marcha à ré e recolhi-o. "Vou para São Paulo, sim senhora. Vim aqui cuidar de minha roça — a senhora sabe, se eu não cuidar, ninguém cuida. É sim, senhora. São treze mil metros quadrados. Deixei três mil de mata virgem, conforme manda a lei. Os outros dez mil plantei. Até fiz umas varandas, onde vou plantar amendoim. Eu olho e nem mesmo acredito que fui quem fez. Tem de tudo. Tem mexerica, a senhora vê, doces como elas só. Tem laranja, tem nêspera, tudo plantado no caroço, pela minha mão. Se plantar de enxerto, não dura. Só alguns anos, depois seca. Formiga tem. Daquelas graúdas, que comem tudo. Mas eu pus um remedinho, que comprei, sim senhora. E lagarta também tem. Quando faleceu minha esposa, já tem três anos, uma senhora muito distinta, eu deixei de vir por algum tempo. Quando vim, as lagartas tinham comido todas as batatas. Que se vai fazer? Pus remédio para elas também. Agora está uma beleza, não falta nada! Pego um feijão, uma couve, a senhora vê como está verdinha, preparo no meu fogareiro a gás e como, isso tem uma sustância, não carece carne. Construí minha cabaninha e fico assim, à tarde, olhando, aquele silêncio, de todo lado, só mato! Uma beleza! Se tivesse uma velhinha comigo, nem voltaria para São Paulo, a dar trabalho para os outros. Há pouco veio uma senhora de sessenta e dois anos, de Caraguatatuba. Veio me visitar, sentou no banco, ficou olhando, ficamos conversando. Tive muito prazer. Se você quiser casar comigo, disse-lhe, não é para demorar muito não. Mas eu só vou relar em você depois de casados. Mas ela parece que não gostou muito não. Ela tem duas casinhas lá em Caraguá, está acostumada a botar o maiozinho dela, eu disse maiô, não senhora! Mulher minha fica aqui mesmo, dentro de casa. Parece que não gostou muito disso. Não voltou mais. Eu tinha o endereço dela e fui lá de perua, com meu genro. Fomos lá, conversamos, mas ela disse que falou com o filho e o filho achou que ela ia perder a aposentadoria dela, surgiu um embaraço. Mas você fica com a minha, de aposentadoria, mulher. Mas ela parece que não entendeu. Surgiu um embaraço. Então não, falei. Então nada feito. Ela não voltou mais. Mas eu tinha muito prazer. Na minha igreja, tem muitas irmãs. Mas elas são muito consagradas. Fica mais fácil com mulher de fora. Mesmo para conversar, depois da função, eu me sinto muito humilhado. Elas são muito consagradas. Se encontrasse uma velhinha, para me fazer companhia, a gente podia ter uma criaçãozinha de galinhas, uns três porcos, umas cabras, pronto! Não precisa mais do que isso. Mas pode ser que seja a vontade do senhor Deus. Velho de setenta e oito anos só tem mesmo é que ir para baixo da terra. Mas eu venho, de oito em oito dias, enquanto tenho forças, cuidar de minha rocinha. Comprei há vinte e cinco anos, em prestações, tostões, a senhora conhece, que é estudada. Quando limpei a mata, só o dinheiro da madeira deu para cobrir o que paguei. Não fica longe da estrada, não. Só quinze minutos a pé. É uma beleza. Tem um riozinho, eu limpei uma área, coloquei um cano e a água jorra que parece água mineral. Fiz uma caixa d'água também, mas não carece não. E tem peixe, a senhora sabe? Às vezes fica um caranguejinho na minha mão, que só vendo! E os passarinhos? Descobri que tinha um cacho de bananas maduro por causa dos passarinhos. Eles acabam com tudo num instante. Mas é uma beleza. Comprei com o dinheiro que ganhei na Armour. Lá sim, deu para ganhar dinheiro. Foi em 1936, quando a senhora nem sonhava ainda em ter nascido! Vim do Sergipe, na imigração do Getúlio Vargas, de 1935. Minha mãe era viúva, tinha sete filhos. A gente tinha roça lá também, mas eu desisti por causa da seca.

Mesmo assim a gente comia milho, favas, minha mãe moía no pilão e fazia um pão, de favas. A gente comia que era uma beleza! Ela fazia doce, para vender. Deu para criar os sete filhos sem dever nada a ninguém. Eu ficava detrás do tabuleiro, vendendo doce. À minha frente tinha uma menina, detrás de outro tabuleiro, dentro de um açougue grande que tinha lá. Ela vendia os doces da mãe dela. Uma vez olhou para mim e baixou a vista. Daí a pouco olhou de novo e deu risada. Perguntei-lhe por que tinha rido de mim. Ela respondeu, porque me deu vontade. Está bem, pode deixar. Aí conversamos de tudo. Ela foi muito judiada. A mãe dela também era viúva. Ela tinha juntado de novo, tinha uma penca de filhos. Filhos homens também. Mas a menina é que ia buscar água no tanque, mesmo de noite. Uma vez eu a encontrei e disse, aonde você vai? Vou buscar água. Não senhora, você volta para sua casa, e comigo. Cheguei lá e falei para a mãe dela: a Lena não vai mais buscar água. A senhora manda um filho homem. Como é que você manda nela? Eu ainda não mando, não senhora, mas eu vou mandar. Eu sou apenas o noivo dela, mas eu digo para a senhora que ela não vai buscar água, nunca mais. Foi assim que nós ficamos noivos. Ela saiu de casa vestida de noiva e nunca mais voltou. Veio para a minha casa e viemos juntos para São Paulo. Era uma época braba. Lá no Norte tinha os jagunços do Lampião que matavam as pessoas, em São Paulo tinha uma revolução, a senhora sabe, a de 32. Casamos e depois de um tempo fomos para Salvador, na Bahia, a caminho de São Paulo. A mãe dela tinha ido morar lá e tinha mandado dizer que estava muito mal e queria ver a filha. Está certo, disse eu. A senhora está desculpada. Só que a gente agora só vai se ver quando o senhor Deus combinar. E foi fato que depois de vinte dias que a gente estava em São Paulo veio a saber que ela tinha falecido. No começo trabalhei no cafezal. Mal dava para ficar vivo. Foi um ano só. Depois fui trabalhar na padaria e fiquei um ano só, também lá. Depois é que fui para o frigorífico. Na Vila Anastácio, aí mesmo, onde eu vivo até hoje. A gente matava 1.500, 1.600 bois por dia, até mais. Trabalha quinze, vinte e quatro horas. Mas dava para ganhar um bom dinheiro. Foi aí que minha família cresceu. Tivemos seis filhos, minha esposa e eu. Aí resolvi trabalhar na Rede. Mas precisava de registro. Conforme tinha uma lei que dizia que quem tirasse registro em São Paulo era filho de São Paulo, eu fui e tirei o meu. Com isso eu entrei na Rede. Depois fui ser motorista de praça. Fiquei treze anos. Até entrar no INPS. O INPS? Pois eu vou contar para a senhora como é que entrei no INPS. Já fazia treze anos que eu tinha carta e dirigia um carro, meu mesmo, de lotação, para a Penha. Um Ford 30, um carrinho bom. Nunca tive uma batida. Até que um dia um português bateu em mim. Como é, cara, vai tirar essa porcaria daí, disse o guarda. Porcaria, não senhor. E não sou cara. Meu nome é João Francisco dos Santos, filho de pai e mãe. E meu carro não é porcaria, não senhor. Ele tem registro como o outro desse aí que me bateu. Está tudo correto, conforme a lei. E eu não vou tirar meu carro daqui. Não fui eu quem bateu, foi ele. E o senhor não tem autoridade para mandar eu sair daqui. Pois o guarda pegou minha carta e levou a gente para a delegacia na Rua Padre Chico. Lá no Sumaré. Agora não lembro bem, mas antes eu conhecia todas as ruas de São Paulo. Mas foi no Sumaré. Chegamos lá e o guarda foi falando para o delegado, esse cara aí se recusou a tirar o carro. Esse cara não, senhor Delegado. Eu tenho nome. Eu me chamo João Francisco dos Santos. E não fui eu quem bateu, foi o português. O delegado só levantou os olhos assim, olhou para mim, mal olhou na cara do guarda e falou: Se eu mandar o senhor tirar o carro, o senhor tira? Se o senhor mandar eu tiro senhor Delegado. Porque o senhor é autoridade. Pois o senhor vai tirar seu carro hoje, depois de lavrada a ocorrência. Sim, senhor Delegado. Aí saímos. Como é, vai tirar o carro ou não vai, disse o guarda. Vou, mas vou a pé. O senhor Delegado falou hoje e hoje vai até meia-noite. Até meia-noite eu tiro o carro de lá. E eu fui indo a pé até lá. Quando cheguei já eram horas e o português estava lá, pois ele não podia tirar o carro dele, que estava preso. Aí tirei o meu carro. O guarda não lavrou ocorrência mas ficou com minha carta. Aí eu fiquei sem a carta e não podia trabalhar. Fui ao DETRAN e dei o número da chapa, da carteira, de todos os documentos que eu tinha. Eles olharam, mandaram eu fazer o exame psicotécnico. Fiz todos os exames. Mandaram voltar lá depois de dias e eu voltei. Aí pegaram todos os exames, até aquele que raspa a cabeça aqui, agora esqueço o nome, e o doutor Jarbas me chamou. Escute aqui seu João Francisco. Sua carta ficou retida com a polícia por desacato à autoridade. Eu sou velho aqui e eu digo para o senhor, isso não é problema. O senhor passa nos exames e nós damos outra carta para o senhor, novinha. Mas acontece que o senhor tem um problema que rouba o senhor. Que rouba o senhor, foi isso mesmo que ele falou. Disse que era por causa de um nome que eu não lembro agora. Disse, seu João, o senhor deixe de dirigir. Nunca mais pegue carro. Isso pode dar a qualquer momento, daqui a dois dias ou daqui a dez anos. Não vou dizer que foi isso que deu e que por isso o senhor bateu. E não me deu a carta. Aí eu saí e fiquei no INPS. Nunca chegou a um salário mínimo. Menos que a metade. Vendia doce, vendia objetos. Mas vender não é bom não. A gente lida com qualquer tipo de gente, nem todos entendem. Pois depois de muitos anos, um dia, quando eu acordei no hospital, eu disse, então pode ser aquilo que o doutor Jarbas falou. A gente tem é que se pautar pelo que manda a lei do nosso Senhor. Que a senhora sabe qual é. Tem o senhor Deus e tem nosso Senhor. Antes a terra era santa e tudo dava nela, tudinho. Era só plantar que dava. Aí o senhor Deus criou o homem. Como o homem estava muito sozinho, de suas costelas o senhor Deus tirou a mulher. Mas eles não respeitaram a lei do senhor Deus e o senhor Deus amaldiçoou a terra. Aí apareceu o diabo, o demo, o maldito que manda quase como só o senhor Deus. Depois do senhor Deus é ele mesmo. E ele está sempre aí, sempre atentando os homens. Mas então o senhor Deus mandou seu filho que é Nosso Senhor. Veio, com o nome dele, e se fez carne. O Verbo se fez carne. E resgatou o pecado dos homens, com sua vida. Aí a terra voltou a ser santa, mas o demo ficou sempre rondando. É um perigo. Mas lei de Nosso Senhor a senhora conhece. Não roubar, não matar, não mentir. E desejar a seu próximo o que se deseja para si mesmo. A senhora sabe, é só isso. Basta seguir a lei, cada um segundo sua religião. A senhora é católica, apostólica, romana. Eu sou católico, apostólico, de Nosso Senhor. Nosso Senhor é de todos. Mas é a mesma lei. E Nosso Senhor ajuda, que ninguém pode acreditar como ele é grande. Eu só sei assinar meu nome só, mas com a ajuda de Nosso Senhor, aprendi a ler as escrituras. Hoje eu leio as escrituras. Aprendi lendo os livros. Fui conferindo as palavras e aí aprendi. Sozinho, não tinha ninguém para me ensinar. Foi Nosso Senhor quem me ajudou! Hoje a senhora vê, todos meus filhos estão criados, estão muito bem de vida. Uma é casada e trabalha no DI, outra é viúva, outra é casada com meu genro, aquele que é o único que se interessa pela roça, mas eu não vou vender pra ele, senão vou ter que trabalhar aqui até o fim. No fim vou é vender para outro, quando o inventário estiver na minha mão. A minha esposa faleceu e meus filhos assinaram uma carta que eles abriam mão de tudo para mim. Hoje não porque vou chegar um pouco tarde, mas amanhã mesmo eu vou visitar o advogado para ver se está pronto. Aqui a senhora vê, aqui nesse bairro mora uma filha minha, aquela que é casada com o português. Eu quase nunca vou lá. É que o marido dela é branco e minha filha é da minha cor. E os meus filhos saíram meio amulatados. Não que a família dele me trate mal não, todos me tratam com o maior respeito. Mas eu é que não quero ir. Minha mãe ensinou a gente a não dever nada para ninguém. Quem pode ser livre, a senhora sabe. Eu tomo meu ônibus, meu trem, já não pago a passagem por causa da idade e vou embora. Certo é que se conseguisse uma velhinha para ficar comigo, a senhora sabe como é. Eu vou orar pela senhora e a senhora vai orar por mim. Ter tem, que o mundo está cheio de pessoas. Um solteirão amoitado que tem medo de casar, para a senhora e uma velhinha para ficar comigo, que ninguém foi feito para ficar sozinho".

ADRIÁN LEÓN EN AMÉRICA

Adrián León de Ayala y Ayala — ainda vou descobrir o segredo desses sobrenomes dobrados — encontrava-se na tarde do dia vinte e quatro de julho, na Biblioteca Central de Nova York, sentado à mesa depois de ter voltado da fila do Xerox, aguardando suas cópias do Dicionário Tupi-Português de Mattoso Câmara. — É porque sou lingüista, disse ele, vendo que eu olhava para ele e que também estava sentada à mesa esperando pelas minhas. — Senti esta vocação desde os meus primeiros estudos, no México. Meu pai era um advogado de sucesso e teria gostado que eu lhe continuasse a carreira. Sucede que eu optara pelo estudo do idioma inglês, e essa opção condicionou minha vida.

Olhei para ele com curiosidade total. Primeiro pelo fato de parecer ser pessoa distintíssima, de paletó inglês e gravata, como se estivesse na Europa. Segundo, por estar prestes a contar-me coisas da vida dele, num país onde se espera que cada um cuide de seu interesse, e nada mais, especialmente quando trata com desconhecidos. Razão pela qual fiquei duplamente enlevada.

— Encontrava-me, nos meus vinte e poucos anos, como monitor de um grupo de jovens estudantes americanas e tive a fatalidade de cair apaixonado por uma delas, na cidade do México, durante as férias escolares. Quando terminaram as férias, minha amada voltou para Detroit, mas a sorte continuou me perseguindo. Consegui obter uma bolsa para aperfeiçoamento no idioma inglês, por dois anos, na Universidade de Yale. Lá estive, me especializei, e antes de voltar para o México casei-me com a amada. E assim continuei, durante algum tempo, parte no México, parte na América, até que me decidi e abandonei minha pátria. Durante alguns anos servi como professor de castelhano em um College de Detroit. Até o dia em que fui informado que não poderia mais lecionar por não possuir diploma universitário, nem M.A., nem Ph.D.

O tom distante e quase impessoal que ele mantinha no relato transformou-se bruscamente num murmúrio.

— *Pero Usted* — interrompi alarmada. — Por que não frequentou uma pós-graduação, não preparou uma tese enquanto estava no College, em Detroit?

— Sucede que para seguir uma carreira universitária neste país são necessárias duas coisas: tempo e, principalmente, dinheiro. E eu, pelo visto... Apesar de não termos tido despesas com os filhos pois não os tivemos, não tinha nem uma coisa nem outra.

— E a mulher, eu quis perguntar, não o teria ajudado? Mas segurei-me e a tempo.

— Isso coincidiu, acredito que era meu décimo quinto aniversário de casamento, com a separação de minha mulher. Disse-me ela que tinha deixado de amar-me.

A essa altura deve ter notado em meu rosto uma consternação ainda maior que a dele pois tentou mudar de assunto com um sorriso canhestro.

— Mas quero contar-lhe um fato curioso que se passou com a minha irmã, quando veio visitar-nos, do México. Minha mulher, que ainda era minha noiva, tinha-a convidado para um *cocktail* na casa dela em Detroit, e eu ainda estava em Yale, prestes a alcançá-la. Minha irmã percebia que toda vez que falava de mim, todos procuravam rapidamente mudar de assunto. — O que será, pensava minha irmã. Ou a família não aprova o casamento, ou quem sabe ele aprontou alguma coisa que eu não sei.

Quando cheguei, por fim, no dia seguinte, contou-me que toda vez que se referia a "*mi hermano in Jail*" todos procuravam esquivar-se. Vê como é curioso o castelhano, que palatiza os sons a ponto de distorcer o próprio significado?

— Na semana seguinte à minha demissão — reatou ele — apresentei-me ao F.B.I. como candidato a tradutor espanhol-inglês e vice-versa. Apresentei-me num dia, e no outro já estava empregado. Onde me encontro até hoje. Já me disseram ser difícil encontrar alguém que conheça tão detalhadamente as idiossincrasias das duas línguas. É que ninguém se preocupa realmente com isso. Usam-nas como instrumentos e poucos se detêm sobre sua natureza.

— Estarei no México em dezembro — engatei —, enquanto as luzes da Biblioteca já piscavam o primeiro sinal de despedida. — Quem sabe o senhor tenha alguma lembrança secreta... Ele meneou a cabeça e sorriu.

Meu xerox era sobre o "amor" em Tolstói e eu estava imbuída desse impulso à comunhão universal que me impelia a querer contagiar a todos, a todo custo...

— Gostaria que o senhor me desse seu endereço, insisti.

— Sim, dar-lhe-ei meu telefone, embora meu senhorio não aprecie telefonemas matutinos ou noturnos, e quando são permitidos, ou seja, à tarde, eu não me encontre em casa. Meu nome teve que ser mutilado em Inglês. Fiquei desfigurado. Sorriu de novo, um pouco agastado.

Escreveu Leo A. Yale e o endereço e despediu-se. Eu beijei-lhe as faces efusivamente. As luzes piscavam intermitentes. Pegou seu saco de plástico com as cópias e ergueu-se.

Antes que as luzes se apagassem tive tempo de vê-lo sair carregando sua sacola de plástico a bordo de dois descomunais tênis desbocados que emergiam de seus jeans inesperados grandes e folgados, envergados sobre pernas tortas e monstruosamente musculosas.

Ah, pensei.

A REPÚBLICA

Para M. F.

Quando eu era criança fazia travessuras que eram o diabo. Adorava ver a cara que os outros faziam. Tinham me falado que o iodo no ovo era algo de insuportável, assim peguei uma seringa na caixinha de aço onde as guardavam em casa, pus para ferver e a enchi de tintura de iodo. Depois fiz um furinho no ovo e coloquei-o de volta no cesto, junto com os outros ovos que o fornecedor nos trazia.

Na casa de minha avó a cozinha era um templo. Ela descia para lá cada manhã às dez horas, para preparar o almoço. Cada dia tinha uma receita nova. Naquela manhã pegou cinco ovos e os deu para a Angiolina bater. Angiolina era nossa empregada, uma vêneta que a ajudava a limpar os legumes, descascar as ervilhas, isso aí. Não digo o que foi. Todos que corriam, abriam as janelas em pleno inverno, e o inverno no Piemonte não é brincadeira, e eu que dizia, vê lá, eles entregam ovos estragados.

Uma outra vez disse à minha irmã: que tal prepararmos os bombons de gesso para quando vier o sr. Benoit?

O sr. Benoit era um amigo de minha avó que vinha às quintas feiras, quando minha avó oferecia um café. Sentavamse na saleta, ele e a esposa dele, e comiam os bombons de menta, tipo gianduia, aqueles que derretiam na boca e eram embrulhados em papel laminado amarelo-ouro. De tarde eu e minha mana pusemo-nos aí com as tesourinhas e a lixa. E corta, e lixa, conseguimos preparar um tablete revestido de chocolate, mas dentro tinha gesso. Tivemos que esperar bastante, daquela vez, mas finalmente vimos o senhor Benoit que mexia a boca pra cá, que mexia a boca pra lá e que não conseguia engolir porque o tablete não derrete. Depois, no final, pega o guardanapinho e, procurando não chamar a atenção, cospe-o fora. Daquela vez, porém, a esposa dele falou para minha avó: fique sabendo que seu neto fez aquilo. E então apanhei de chicote, como gente grande. Fazia tantas traquinagens, mas tantas, e apanhava de minha avó. Quanto à disciplina era severa, minha avó, mas tinha um coração desse tamanho.

Quando meu avô morreu, era como se tivesse perdido um braço. Tinha sido ele a introduzir o primeiro carro na Itália e a primeira auto-escola. Eu ia brincar no pátio da casa dele com os filhos dos clientes, que eram meus companheiros. Os Agnelli, os Farina, esse pessoal todo. Íamos esquiar em comitiva, porque o bilhete custava apenas seis liras e se você comprasse um individual o preço era dez. Depois a gente ia de trem até o refúgio, às cinco horas da manhã. Dali, eram oito horas de subida. Mas nós íamos para nos divertirmos, não por esporte. De lá, começava a descida. Quando chegávamos de volta ao refúgio já passava das cinco, mas lá nos esperava uma sopa fervendo. Depois, voltávamos para casa. Eu dirigia, e praticava o florete. Era um espadachim até razoável, de modo que me enviavam a uma porção de torneios. Enquanto isso, minha mãe tinha casado de novo, com um chefe de oficina da Fiat. Um homem que gostava da gente, minha irmã e eu, mais do que se fôssemos os filhos dele.

No começo eu não queria que minha irmã o chamasse de papai, mas na época em que minha mãe casou ela tinha onze anos e no Natal tinha aquela famosa cartinha que as crianças escreviam e colocavam embaixo do prato dos pais: eu prometo que vou estudar, vou ser bonzinho, aquelas coisas. Tinham que ver. Abre a cartinha: querido papai. Chorava como uma criança. E nos abraçava, nos comprava de tudo, não sabia mais o que fazer para a gente. Quando entrei na Faculdade, falava para todo mundo: *il me fiol*, faz o engenheiro.

Minha mãe? Minha mãe foi uma heroína. Ela estava no centro de uma luta de famílias. A de meu pai, católicos carolas. A de minha mãe, protestantes.

Quando meu pai morreu eu tinha dezenove meses e minha irmã só três. Minha mãe ficou sozinha. Perguntar, ninguém perguntou, mas eu fiquei sabendo que ninguém, da família de meu pai, deu um tostão para ela. Então ela pegou a mim e a minha irmã e nos levou para a casa dos pais dela. Aquilo, para nós, foi a felicidade.

Mas depois veio a guerra e eu já tinha casado com a Mariuccia que já estava esperando nossa filha Eva. Eu trabalhava na Emmanuel Miels, que depois foi italianizada para Mielle. Deixei o trabalho para servir no exército. Prestei juramento ao Rei, mas em 43 um gaiato manda-me chamar junto com outros e nos diz que temos que prestar juramento ao Duce. Como, digo eu, prestei juramento ao Rei, e juramento não se muda.

Então o senhor é um rebelde. Então eu sou um rebelde. E assim despachei a mulher para a França, tínhamos muitos amigos com a auto-escola, e o oficial mandou me prender. Vi-me num vagão de trem junto com um outro e eu disse para ele, aqui eles nos mandam para a Alemanha. Temos que fugir. Tanto fizemos que conseguimos descobrir uma porta e nos atiramos do trem em movimento. O outro tinha machucado uma perna, assim tive que carregá-lo por quilômetros e quilômetros, até chegar no povoado. Aí nos juntamos a muitos outros, dispersos como eu, e subimos às montanhas. Sofríamos um frio de lascar e só tínhamos para comer arroz cozido em água. Não havia outra coisa. Mas éramos muitos e resolvemos capturar a fortificação onde estavam os alemães, 22 alemães. Nós éramos mais de trinta e a tomamos e mantivemos os alemães como reféns. Então enviaram para o povoado um contingente de austríacos que prenderam o prefeito, o advogado, o mestre-escola e mais cinco, e nos fizeram saber que teríamos que nos apresentar à hora tal no lugar tal, sem armas, para trocar os reféns. Eu me apresentei sem armas, e trocamos os prisioneiros. O comandante do destacamento era um austríaco, e era um cavalheiro. Disse-me: eu também fui rebelde, na guerra de 18. E aí, foi um paraíso. Nada nos faltava, café, chocolate para nós e para os outros, podia-se ir para qualquer lugar. Isso até ele ser fuzilado, pois descobriram que fazia parte de um complô contra Hitler. Ele e outros generais. Assim, começou o inferno. Primeiro, mandaram um contingente de russos, que eram mongólicos e que traçavam todas as mulheres. Depois os próprios alemães fizeram o bloqueio. Eu andava com um documento bilíngüe de guarda-florestal, que era falso. Mas os alemães acreditavam e eu ia de um lado para outro a cavalo, e os alemães me ajudavam a transportar mantimentos, que iam para as famílias. Um dia alguém veio me dizer que eu era *partigiano* e que tinha que ir para as montanhas. Lá ficamos até o fim da guerra. Vivemos com a coragem do desespero e com os mantimentos que os americanos atiravam de páraquedas. Depois, quando terminou a guerra, em 46, começou outra, entre Israel e a Arábia. Então eu fui até o Cairo, por conta da firma, para vender motores, que eram pagos a preço de ouro. E assim, recomeçamos.

Fui para a Venezuela, conheci Fulgêncio Batista, fui à Colômbia, a Cuba, ao México, tudo para vender as máquinas. Um dia apareceu Crespi em Turim e me falou: por que você não vem para o Brasil? Assim, vim para o Rio. Mas naquela época no Rio tinha Graça Aranha, e era muito difícil conseguir a licença de importação. Mas eu ficava lá e insistia. O tempo passava, e nada.

Nesse meio tempo, como eu conhecia bem todo tipo de motores, comecei a dar consultoria. Especialmente em São Paulo, ficaram sabendo. A indústria estava no comecinho e assim um foi dizendo para o outro, tem o fulano que entende do assunto, de modo que, um pouco também para não pesar à firma, comecei a trabalhar como consultor e a me sentir orgulhoso por me chamarem tanto e decidi ficar.

Depois encontrei o pessoal da Cometa, nos demos muito bem e fui ficando por aí. Mandei vir meu pai e minha mãe e nos estabelecemos em Moema. Tivemos uma casa de campo em Mairiporã, que era uma beleza. Com as cortinas xadrez, como as de nossa casa de outrora, no Piemonte.

Posfácio
NARRATIVAS DA BUSCA

Busca-se um certo lûgar, um certo endereço num dos textos deste livro, texto que fala de incerteza, desencontros e que culmina na expressão de certa mágoa ou sarcasmo, pois aonde tudo isso *leva*? Essa personagem enérgica que sobe e desce escadas é uma mulher que faz "tentativas", sendo esse, aliás, o título do relato em questão, um dos mais sintomáticos de Vera Albers. O texto ensaia uma ação, cria a expectativa de que algo novo possa ocorrer na vida da personagem, mas tudo redunda num desabafo, numa suspensão da trama virtual, da aventura anunciada.

Num estilo abrupto, numa voz que sai de um jato, a personagem descreve sua tentativa de buscar "colocação" numa agência imobiliária que é uma agência que migra, que troca de endereço, que se comporta exatamente como seus clientes, que são pessoas que trocam de moradia, de rua... na medida em que compram ou alugam novas casas. Essa migração, essa impossibilidade de ter um endereço fixo é, parece-me, duplamente importante nos relatos de Vera Albers: por um lado, é a ausência de um lugar ou ponto fixo que enseja a "tentativa", o ensaio de aventura, mas, por outro lado, é esse mesmo deslocamento das coisas e das pessoas que impede que a tentativa seja algo mais do que uma tentativa, a busca permanece ensaio de aventura e não alcança o alvo, pois este também migra, afastando-se da personagem que se dirige até ele. Como, numa situação dessas, encontrar a casa do Outro e dialogar com ele? Se tudo migra, se a busca é uma proliferação de migrações, ou a consciência de um universo que se expande e torna aventura interminável, ou mesmo inviável, ao teimoso ou teimosa só resta uma série de tentativas, de endereços provisórios pois o alvo está sempre além.

Se um texto como "Tentativas" fala de endereço ou "colocação" que foge ou se esquiva, o que dizer deste outro texto, "Bovary 70", que narra, quase simultaneamente, um encontro e um desencontro entre um homem e uma mulher? Temos, neste segundo exemplo, dois seres migradores, sendo que a mulher está rodeada por sons, sobretudo pelo som da voz masculina, uma voz sem discurso, desconexa, pois a tentativa de diálogo entre os dois malogra e o parceiro vai assumindo a feição de uma fantasma, de uma presença ausente, de alguém que está em outro endereço. Ambos estão próximos e estão distantes um do outro, migram para direções opostas. A ironia, sem dúvida, é uma das marcas destes textos e, no caso de "Bovary 70", ela é ferina, pois a mulher deixa-se a princípio conduzir, entra no carro do parceiro, mas logo percebe que o motorista está confuso e que o veículo não vai para lugar nenhum na medida em que nunca chega ao lugar esperado, desejado. Entrar e sair de veículos são, aliás, gestos cruciais nos textos de Vera Albers, como gostaria de mostrar.

Num texto como "As fitas", por exemplo, vemos uma adolescente sentar-se num automóvel ao lado de um velho cômico e libidinoso que finge ser um motorista de táxi, enquanto em "Parque Dom Pedro" outra adolescente, aliás muito parecida com a anterior, acomoda-se às costas de um homem que lhe faz uma proposta indecente ao mesmo tempo que a retira de um lugar alagado. Mas ser conduzida por outro não transforma a migração das adolescentes diferente da migração da senhora que se dirige decididamente em direção ao seu alvo esquivo no conto "Tentativas". Não quero com isso sugerir que, confrontadas entre si, as mulheres destes textos de Vera Albers sejam todas iguais, não passando pelo processo de maturação à medida que o tempo flui e as migrações se sucedem. Pelo contrário, essa maturação existe e é evidente, implicando inclusive, o que é notável, uma transformação estilística e, mais do que isso, estrutural dos textos.

Assim, os relatos que falam da adolescência, como "As fitas", "Vila Bela", "Parque Dom Pedro", "A última plenária", todos eles situados na abertura do volume, o que não é casual, como já veremos, são breves, contêm uma migração relâmpago, como feita à revelia da personagem. Nesse período da vida que estou chamando de adolescência, as mulheres dos textos de Vera Albers são conduzidas, levadas num veículo que elas próprias não controlam, não dirigem. Esse veículo pode ser um automóvel, uns ombros, mas também um fluxo qualquer que arrasta, como um grupo de policiais correndo na rua ou a primeira menstruação. Migra-se dentro de um veículo ou deslizando à superfície de algo que escorre incontrolável, como o sangue ou o sonho.

A essa brevidade dos relatos iniciais do livro, alia-se, no plano estilístico, uma utilização muito sugestiva de adjetivos. Como exemplo, cito esta passagem de "Parque Dom Pedro":

> "Antes de atirar-se na cama, o rosto em brasa, viu com nojo extermo, pela fresta de luz que vinha da porta, que do ventre das borboletas tão bonitas haviam jorrado centenas de pequenos ovos amarelos, duros, esféricos, inexoravelmente iguais e regulares."

A proliferação de adjetivos ajusta-se a uma proliferação de elementos da natureza, a uma vitalidade que transborda, lançando um jato que se situa tanto fora como dentro da personagem. No conto "Parque Dom Pedro", o ímpeto da água que tudo inunda encontra eco no jorro do ventre da borboleta, mas outras relações desse tipo poderiam ser feitas no mesmo texto. Esse manifestar-se de algo que arrasta e não pode ser contido é um acontecimento e, nesse sentido, difere da "tentativa", que é um ensaio ou esboço de ação, aventura, onde a intenção da personagem conta. As adolescentes seriam, então, levadas pelos acontecimentos, enquanto as mulheres maduras dos textos de Vera Albers tentariam criar elas próprias esses acontecimentos, ficando, contudo, no estágio de ensaio, tentativa.

Isso não significa que as adolescentes cheguem a algum lugar, a um endereço fixo: elas são, isto sim, iniciadas na migração, no ciclo acidentado da vida, onde a tentativa ou o ensaio de ação é um esforço sempre reiterado e nunca logrado para dar ao fluxo, à expansão do universo uma direção desejada, canalizando o impulso vital para o alvo esquivo ou impossível. Vistas na primeira migração, as adolescentes, poderíamos dizer que nada compreendem do que se passa e que, por isso, os relatos sobre suas experiências são tão breves, fragmentários, revelando-se como uma tentativa de conto, uma tentativa apenas, pois não há um fim, nem um meio, só um começo. Uma tentativa de conto onde a ação conseqüente é substituída pela violência que arrasta, colocando as moças nas rotas das migrações. Elas, as adolescentes, deixam-se levar pelo fluxo mas, por outro lado, também se calam, aceitam tudo ou suportam tudo sem traduzir isso numa fala articulada que expressa a situação. Daí o relato abrupto, incisivo, feito de impressões rápidas e premonições confusas ser adequado para representar essa fase da vida. Se o relato é uma tentativa, um esboço de conto, verificamos agora que a tentativa ou ensaio não é apenas um tema neste livro de Vera Albers, mas também uma forma. A tentativa é a forma da adolescência e o conteúdo da maturidade. Mas qual seria a forma dos relatos que tratam deste outro período da vida?

Diria que, ao falar da maturidade, os relatos de Vera Albers tendem ao jorro verbal, como sucede no conto "Tentativas", que mencionei anteriormente. Ali, ao descrever uma busca infrutífera, uma busca que simboliza todas as buscas, pelo meu viés interpretativo, surge uma voz "machucada", que é a culminância de uma tentativa de ação que conduz à personagem para uma outra errância, como se a fala, a confidência fosse a única rota à disposição, nesses momentos em que a tentativa não conduz a nada. Isso não significa que os contos da maturidade não encerrem elementos que estão presentes nos relatos sobre a adolescência. Um texto como "De uma manchete do jornal de domingo", escrito na primeira pessoa, numa voz de mulher madura que confidencia algo, contém, no seu jorro, incidentes análogos aos que ocorrem às adolescentes, como, entre outros, a menstruação que desce numa hora inesperada ou uma horda de vagabundos que podemos associar à horda de policiais do texto "A última plenária", pois ambos encurralam, empurram, agridem. Esses incidentes, esses jorros arrastam a personagem, deixam-na à deriva, ela não pode mais ir a um lugar definido, nem voltar para casa nem retornar a uma sala de conferências, onde daria uma palestra: só lhe resta relembrar essa errância derradeira e confidenciá-la a alguém. É o que denomino jorro verbal da maturidade.

Há uma reflexão sobre a voz feminina no conto "Exlibris" que diz o seguinte: "Quando era ela que contava, a ênfase deslocava-se para detalhes e reminiscências, a ação tornava-se passiva, a espera 'armada' era a grande heroína...". Essa idéia de uma ação passiva é uma definição adequada do agir jovem, pois a mulher madura, nos contos de Vera Albers, opta pelo arroubo, pelo ato intempestivo e quase inconseqüente (entre desesperado e desencantado), podendo responder com uma "violência irrefletida" ao que não se conclui, como sucede no final desse conto belo e misterioso que é "O clube", onde a personagem se lança impetuosamente nos braços de um desconhecido após ter sido "abandonada" pelo pseudo namorado, talvez o mesmo do conto "Bovary 70".

Ora lançando uma imprecação ou injúria (final de "Tentativas"), ora abraçando um corpo peludo e anônimo (conclusão de "O clube"), as mulheres maduras, ao contrário das moças perplexas ou contemplativas, parecem ter um alvo, um lugar aonde chegar e atiram-se nas rotas abertas, ainda que sempre descubram, como lemos no conto "Bovary 70" que, neste país, o país dos imigrantes, como logo explicarei, perambulam "alguns seres desencontrados que ainda seguem os rastos de um deus morto, sozinhos, na noite". As mulheres maduras, em suma, fazem tentativas, sua ação, seu ensaio de ação tem início e meio, enquanto a não-ação das moças tinha apenas, como sugeri atrás, início. Por isso mesmo, nos textos referentes à fase madura da vida, a proliferação de adjetivos convive com os verbos, pois o discurso em primeira pessoa, o jorro verbal da mulher madura não pode mais ser encerrado na mesma moldura sintética e quase linear dos relatos construídos como uma sucessão de impressões e impactos, que dão forma à experiência da adolescência. Há assim uma clara evolução, maturação na vida das personagens, conforme elas saem da adolescência e adquirem uma autonomia ou desejo de ação, e essa maturação se reflete na estrutura e no estilo dos textos. Se a forma dos textos sobre a adolescência é a tentativa, o ensaio de conto, ocorre, nos contos sobre a outra fase da vida, uma configuração mais densa e dramática, onde impressões, reflexões se entrelaçam para representar uma tentativa, ou ensaio de ação. A tentativa, como quis mostrar, se deslocou da forma (contos sobre a adolescência) para o conteúdo (contos sobre a maturidade), trazendo à tona finalmente a voz da personagem, uma voz feminina, como tenho insistido.

Essa personagem madura tem ainda como marca a profundidade do tempo, ela, ao contrário da adolescente que sonha, também pode, além de sonhar e tentar ações, relembrar o passado. A memória é um ingrediente poderoso da maturidade, a tal ponto que no conto "O.O." lemos:

> "Tratava eu de consertar uma porta de correr que separava um quarto de arrumos onde, durante anos, foram desepejadas recordações com a promessa tácita de que seriam logo revisitadas, reavaliadas,

vividas até mais intensamente do que da primeira vez."

Não por acaso, nesse mesmo conto, a narradora sonha com uma pessoa morta e dialoga com a sua alma, gesto terrível porque anuncia que, para a mulher madura, que vê sempre o alvo afastar-se, trocar de endereço dissimuladamente, o ser concreto é menos acessível do que o seu fantasma, o seu traço, tal como sucede no conto "Bovary 70", onde, como sabemos, o namorado se ausenta progressivamente, torna-se um pseudo-amante cuja voz desarticulada e gestos incertos dão-lhe o caráter de um fantasma.

Num certo momento, porém, a personagem de Vera Albers (com se percebe, estou lendo estas narrativas como a história de uma vida, quase como a biografia de uma única mulher) decide lançar-se noutra aventura e afasta-se de seus próprios fantasmas para, num gesto decidido e enérgico semelhante ao da senhora de "Tentativas", tomar a rota nova (para ela) da "grande memória", a memória atávica da humanidade. Mas essa grande memória, como tudo o mais, é uma grande ironia, e até mesmo um blefe, pois o médico que a guiaria por essa rota mítica é, acima de tudo, um velho desmemoriado. A personagem está novamente só consigo mesma, sem saber aonde quer chegar através de suas tentativas sempre frustradas de ação.

Encontra vidas curiosas, diferentes da sua, em contos como "No cocuruto da serra" (numa bela inversão de uma cena ocorrida em "As fitas", em que uma adolescente é conduzida por um velho que parece um motorista de táxi, a mulher madura é agora condutora ou motorista e conduz um velho, que é um ex-motorista de táxi que teve sua carteira de habilitação apreendida) e "Relato de Ismerina", vidas diferentes da sua mas também muito parecidas entre si: essas pessoas que se encontram casualmente são seres migrantes, alguns, como Ismerina e o ancião da serra, saíram do fundo do

Brasil, de um Brasil antigo e violento, e outros como a própria narradora, de um certo recanto europeu. Trocam confidências, memórias, linguagens. É nesse momento que podemos perceber claramente como os textos de Vera Albers não pertencem a uma categoria definida (isso já era evidente em seu livro anterior, *Deformação*, 1981), mas, parafraseando um filósofo francês, participam de vários gêneros sem pertencer a nenhum. O que importa é captar uma dicção, um modo de se expressar que seja característico da personagem. Por isso, a fala de Ismerina não é a fala de nenhuma das outras mulheres descritas por Vera Albers, mas é a fala típica de Ismerina. O seu relato, assim como o conto "No cocuruto da serra", não pertencem à mesma categoria dos demais relatos do livro, embora sejam ambos um jorro verbal.

Lendo em conjunto os contos de Vera Albers, percebemos que eles falam de dois momentos da vida de uma mulher, a adolescência e a maturidade. Mas nada nos é dito sobre a transição, sobre a passagem de uma fase para outra, ficamos entre o sonho ou espanto da adolescência e a lucidez e a memória da maturidade, ou seja, ficamos numa lacuna imensa e nos perguntamos: algo aconteceu aqui? O que terá sido? E essa é a grande ironia da rememoração de Vera Albers, entre um fantasma e outro há um terceiro fantasma ainda mais decisivo e assustador, um segredo que cabe ao leitor deste livro desvendar.

Sérgio Medeiros

Este livro foi composto em Sabon pela Bracher & Malta, com fotolitos do Bureau 34 e impresso pela Hamburg Gráfica Editora em papel Pólen Soft 80 g/m² da Cia. Suzano de Papel e Celulose para a Editora 34, em setembro de 1998.